La Jouissance

Du même auteur

ROMANS

Julien Parme, Flammarion, 2006 ; J'ai lu, 2008

La Fascination du pire, Flammarion, 2004 ; J'ai lu, 2006

Les amants du n'importe quoi, Flammarion, 2003 ; J'ai lu, 2004

Neiges artificielles, Flammarion, 2002 ; J'ai lu, 2004

THÉÂTRE

Une heure de tranquillité, L'avant-scène théâtre, 2013

Le Père, L'avant-scène théâtre, 2012

La Vérité, L'avant-scène théâtre, 2011

La Mère, L'avant-scène théâtre, 2010

Elle t'attend, L'avant-scène théâtre, 2008

Si tu mourais, L'avant-scène théâtre, 2006

Le Manège, L'avant-scène théâtre, 2005

L'Autre, L'avant-scène théâtre, 2004

FLORIAN
ZELLER

La Jouissance

Un roman européen

J'AI LU

PREMIÈRE PARTIE

L'ODE À LA JOIE

1

L'histoire commence là où toutes les histoires devraient finir : dans un lit. Nicolas vit depuis deux ans avec Pauline, ce n'est donc pas la première fois qu'ils se retrouvent l'un en face de l'autre et qu'elle lui fait un sourire équivoque en lui prenant la main. Ce sont des gestes qu'ils connaissent par cœur, des gestes qui peuplent le territoire des choses rassurantes et familières ; Nicolas se rapproche alors d'elle et l'embrasse.

Il a toujours pensé que le sexe était un moment métaphysique, quelques secondes pendant lesquelles tout homme peut prendre sa revanche sur la vie. Quelle revanche ? Comme tout le monde, Nicolas va mourir un jour, et ce jour approche inexorablement. Par ailleurs, à trente ans, il n'est pas parvenu à devenir celui qu'il aurait rêvé d'être (un réalisateur reconnu) ; ses chances de réussite sont de plus en plus minces, et il est souvent envahi par un sentiment de détestation et de honte. Pour tout cela, le sexe est une consolation.

Ce jour-là, pourtant, quelque chose d'inédit se produit entre eux. Nicolas est allongé sur le dos et Pauline, qui vient de retirer son soutien-gorge, ferme légèrement les yeux, comme elle a l'habitude de le faire quand le plaisir commence sa douce anesthésie du monde.

Soudain, la couette se soulève, et une troisième tête apparaît.

D'un geste théâtral, Sofia envoie la couette valdinguer derrière elle. Elle est nue et tient le sexe de Nicolas de sa main gauche tandis qu'elle cherche, de la droite, à retirer le cheveu qu'elle a l'impression d'avoir sur la langue (mais que faisait-elle sous la couette ?). Pauline descend alors au niveau de Sofia, dans un mouvement d'une lenteur lunaire, c'est la mer quand elle se retire ; Nicolas ferme les yeux.

Il respire calmement et cherche une pensée, un sujet, un objet qui pourrait neutraliser la vision de ces deux femmes entrelacées. Son regard tombe miraculeusement sur le livre qui traîne sur la table de nuit : il s'agit de la *Correspondance* d'Héloïse et Abélard. Pauline le lui a offert quelques semaines auparavant, en lui disant que c'était selon elle le plus beau témoignage de la littérature amoureuse ; il tente alors de se souvenir du dernier passage qu'il a lu – n'est-ce pas justement le moment où Abélard se fait châtrer ?

À cet instant, son objectif est moins de prendre du plaisir que de *tenir* le plus longtemps possible. Car Nicolas est un garçon serviable et bien éduqué. Mais tout homme a ses faiblesses : l'effet combiné des langues de Pauline et de Sofia vient facilement à bout de sa concentration. Il se redresse sur les coudes. « Qu'est-ce qu'il y a ? » lui demande Sofia, surprise.

Comment peut-on prétendre que la nature est bien faite, a-t-il envie de lui répondre, alors qu'un excès de plaisir précipite justement la fin de ce plaisir ? Il se contente d'un vague : « Doucement les filles... » Sofia, qui n'est pas très obéissante, continue d'aller et de venir le long de son sexe, tandis que Pauline retire sa petite culotte en vue de passer aux choses sérieuses.

Si bien que ce qui devait arriver arriva.

« Quoi, *déjà* ? » s'étonne Sofia en prenant un petit air ironique.

2

Relativisons tout de suite la contre-performance de Nicolas. Le romancier anglais Adam Thirlwell a retrouvé les traces d'une conversation entre plusieurs membres éminents du groupe surréaliste, et c'est à cette conversation que je pense maintenant. Elle a eu lieu le 3 mars 1928, et le thème était : *la jouissance masculine*. Chacun des intervenants devait parler aussi franchement que possible de la façon dont les choses se passaient pour lui quand il se trouvait dans un lit. Raymond Queneau pose la première question : « Combien de temps mettez-vous à éjaculer à partir du moment où vous êtes seul avec la femme ? » André Breton ferme les yeux ; il essaie de se souvenir et d'être précis. Avant de répondre, il voudrait faire la distinction entre deux moments : tout ce qui précède l'acte (et qui dure pour lui plus d'une demi-heure) et l'acte en lui-même (qui dure, dit-il, vingt secondes au maximum).

Au maximum ?

Je rappelle qu'André Breton est le fondateur du mouvement surréaliste et qu'il a écrit *L'Amour fou*. On ne peut donc tirer aucune conclusion définitive d'une contre-performance.

La réponse de Raymond Queneau vient confirmer cette première intuition : « L'acte préliminaire, maximum vingt minutes ; l'acte en lui-même, moins d'une minute. »

Voilà qui serait de nature à rassurer Nicolas. Cela peut arriver à tout le monde, même aux meilleurs d'entre nous. Il a alors la tentation de laisser traîner sur la table de nuit le livre de cet auteur anglais ; on ne sait jamais, ça pourrait intéresser Pauline. Elle adore André Breton.

3

« Tu avais l'air ailleurs », lui dit-elle un peu plus tard. Il lui fait un sourire faussement surpris, comme pour lui indiquer qu'elle se trompe. Non, pas du tout. Il ne va quand même pas lui avouer qu'il a imaginé qu'ils étaient trois dans un lit et que, dans sa rêverie, la troisième personne avait le visage de Sofia, cette jeune Polonaise qu'elle lui a présentée quelques jours auparavant.

Ce n'est pas la première fois, en faisant l'amour avec Pauline, qu'il imagine d'autres femmes (il ferme alors les yeux, comme s'il redoutait d'être pris en flagrant délit d'infidélité, et le film qu'il invente peut librement se dérouler sous ses paupières). Il ne doit d'ailleurs pas être le seul à chercher dans des figures plus ou moins fictives une stimulation nouvelle. Car, s'il se souvient avec émotion de cette étape de la vie où le monde était une excitation dénuée de jouissance (toutes ces années de l'adolescence où il regardait les femmes sans pouvoir les approcher), il redoute aujourd'hui de s'enfermer, à l'inverse, dans un monde qui serait celui de la jouissance dénuée d'excitation (celui du couple).

Après deux ans de vie commune, il se demande parfois s'ils ne sont pas arrivés à la frontière de ce monde apaisé. Il ne faut donc pas s'étonner si sa fantasmagorie vient au secours du quotidien ; ce qui le surprend, en revanche, c'est qu'il ait intégré Pauline au scénario, elle qui incarne pour lui, à tort ou à raison, l'antithèse de la débauche.

En faisant du café ce matin-là, il se pose la question d'un air sombre. Aurait-il envie de se retrouver dans un lit avec Pauline et une autre femme ? Cette idée, qui l'a excité un instant plus tôt, lui paraît maintenant désagréable et grossière.

Ici, un parallèle avec le plombier polonais s'impose.

Dans le même mois, une campagne de communication anti-européenne avait stigmatisé, dans tous les médias français, le plombier polonais en faisant de lui le responsable symbolique du chômage en France. Comment pouvait-on lutter contre lui ? Il était travailleur et beaucoup moins cher : c'était scandaleux ! C'était de la concurrence déloyale ! Rappelons que l'Union européenne s'est constituée autour du couple franco-allemand. Ce sont deux pays qui se sentent forts et qui, finalement, s'entendent plutôt bien. Mais ne prennent-ils pas un risque fatal, semblait-on nous dire, en s'engageant aveuglément dans le processus sans fin de l'élargissement de l'Union européenne ?

Soyons encore plus concret : si la France et l'Allemagne accueillent la Pologne dans leur lit, doivent-elles s'étonner si la Pologne, qui a le talent de la tuyauterie, les fragilise dans leur équilibre intérieur ?

Sofia est un peu la Pologne de cette histoire.

Nicolas sent bien qu'il serait le grand perdant d'un tel élargissement. Il trouve déjà difficile de faire jouir une seule femme ; l'idée de se retrouver avec deux fois plus de travail, dans un contexte de compétition acharnée, lui paraît au-dessus de ses forces. À moins que n'intervienne, en termes purement techniques, un transfert de compétence – ce qu'il ne souhaiterait sous aucun prétexte. Et comment pourrait-il assumer, sous les yeux mêmes de Pauline, son désir pour une autre femme ? Appelons ce réflexe le *souverainisme érotique*, que l'on peut en toute logique opposer au *fédéralisme érotique*.

On peut juger le souverainisme érotique infantile, et on aurait raison : les hommes sont, du moins la plupart du temps, de grands enfants. La preuve : épuisé par toutes ces considérations, qu'il juge soudain *complètement futiles*, Nicolas boit son café et retourne se coucher.

4

Les fondateurs de l'Europe pensaient que deux choses étaient essentielles pour que les peuples d'Europe se sentent européens : un drapeau et un hymne. La question du drapeau a été réglée en 1955. Elle ne posait aucune difficulté particulière, contrairement à celle de l'hymne. Au lendemain de la guerre, on espérait qu'un nouveau monde allait apparaître, un monde d'après l'horreur, et plusieurs compositeurs eurent envie d'y participer. Ce fut le cas de Jehane-Louis Gaudet. Ce compositeur, originaire de Lyon, envoya un *Chant de la paix* en 1949 au président du Conseil de l'Europe, en croisant les doigts. N'était-ce pas une occasion en or, pour un artiste que tout le monde ignorait, de se faire connaître ?

Le Chant de la paix fut proposé au Conseil. Le président l'appela personnellement pour le remercier de sa contribution. Il serait malheureusement très difficile d'adopter cette magnifique composition comme hymne européen.

« Pourquoi ? s'étonna Jehane-Louis.

— Parce qu'il faut l'unanimité... »

Or il y avait ce jour-là un petit moustachu natif de Rotterdam (Pays-Bas) qui estimait que *Le Chant de la paix* était trop... Sur le coup, le président du Conseil avait oublié le terme qui avait été employé.

« Trop quoi ? » demanda le compositeur, un peu vexé, mais prêt, s'il le fallait, à arranger quelques mesures pour ce monsieur de Rotterdam.

« Trop... Comment dire ? »

Le président du Conseil ne parlait pas néerlandais et sa traductrice était enrhumée lors de la dernière séance : il n'avait pas bien compris la réserve de son homologue. Il préféra donc s'en tenir à une explication plus générale.

« Voyez-vous, tout le monde aime ce chant, mais pourquoi l'avez-vous écrit en français ?

— Parce que je viens de Lyon ! En quelle langue aurait-il fallu l'écrire ? » demanda Gaudet.

Le président du Conseil ne savait pas quoi répondre, et c'est là tout le problème.

Quelques jours plus tard, il reçut l'enregistrement de *Hymne eines geeinten Europas*, d'un certain Carl Kahlfuss et, quand il le fit entendre au Conseil, un responsable politique nommé Berstein (Belgique) s'y opposa formellement : l'allemand ne pouvait pas être la langue de l'Europe. De qui se moquait-on ? Le président ne savait plus quoi faire : il faudrait bien, un jour ou l'autre, se mettre d'accord pour trouver un hymne qui convienne à tout le monde.

« Sinon le peuple ne se sentira jamais européen ! »

Quelqu'un proposa alors l'*Ode à la joie*, extraite de la *Neuvième Symphonie* de Beethoven. N'était-ce pas mieux de célébrer la joie plutôt que la paix ? Et Schiller, qui avait composé le texte original, n'incarnait-il pas merveilleusement les valeurs européennes ? Tout le monde s'accorda pour dire que c'était une bonne idée, à condition d'enregistrer une version dans chacune des langues.

« Ce n'est pas possible, répondit le président du Conseil, en nage et, pour tout dire, à bout de nerfs. Il nous faut un seul hymne ! *Un seul !* Sinon ça ne compte pas... »

5

Dérouté par ce rêve européen, il essaie de se souvenir de la première fois qu'ils ont couché ensemble. Jusque-là, Pauline et Nicolas ont été un couple tout à fait classique : prenez la France, prenez l'Allemagne, vous avez Nicolas et Pauline.

Dans son petit appartement de la rue des Tournelles, où elle lui avait proposé de monter boire un dernier verre après une soirée chez des amis communs, ils avaient parlé pendant un long moment dans la nuit, sans oser s'embrasser. Puis un événement déterminant avait eu lieu : le chat de Pauline s'était blotti contre Nicolas. Il avait essayé de le repousser discrètement, mais en vain : Platon revenait toujours s'allonger sur ses genoux, et c'est avec une résignation polie, malgré son allergie aux poils de chat, que Nicolas s'était mis à le caresser. Au même moment, Pauline évoquait la mort brutale de son père. Ne voulant pas l'interrompre dans son récit autobiographique, dont il mesurait par ailleurs la gravité, il n'avait pas bougé, et les démangeaisons l'avaient assailli – réaction prévisible en cas d'allergie.

Le lendemain, au téléphone, elle avait raconté à sa meilleure amie cette rencontre avec Nicolas : « On est restés des heures à parler et, tu vois, quand je lui ai raconté la disparition de mon père, il s'est mis à pleurer. Je te promets. Enfin, pas vraiment à pleurer, mais il avait les larmes aux yeux... Je n'en revenais pas. *Tu as déjà rencontré quelqu'un d'aussi sensible ?* »

Elle avait alors été prise d'un élan et l'avait embrassé.

Nicolas avait été étonné par son souffle, par sa voix, puis par sa façon de jouir. C'était une symphonie de Beethoven. Qu'on le veuille ou non, il y a quelque chose d'inévitablement solennel dans les premiers instants de l'amour. Soudain, les violons sont héroïques. Les tambours vous traversent un peu le corps. Il y a tout de suite *vingt-sept pays* dans votre lit ; forcément, ça impressionne.

Il voulut lui dire quelque chose, mais les mots se dérobèrent, devenus soudain inutiles, et ils restèrent un long moment dans le noir sans parler, essoufflés et ivres d'une idée neuve.

6

Après avoir décidé que l'*Ode à la joie* pourrait constituer un hymne européen idéal, il fallut donc choisir une langue. Soucieux de ménager les susceptibilités, Peter Roland (Autriche) proposa de traduire les paroles en latin. Après tout, n'était-ce pas la langue des origines ? « Et pourquoi pas en grec ancien ? » lui répondit-on.

On chercha d'autres idées.

C'est alors que Kálmán Kalocsay (Hongrie) prit l'initiative de traduire le poème de Schiller en espéranto. C'était la langue de la communication entre les peuples européens. On le laissa faire, avec un sourire embarrassé, et on chercha encore d'autres idées.

Après quarante ans de discussion, il fut finalement décidé que l'hymne européen serait une version purement instrumentale de la mélodie de Beethoven ; ce serait, oui, l'*Ode à la joie*, mais sans les paroles – de telle sorte que tout le monde puisse les comprendre.

7

Était-ce vraiment une nuit à part ? Nicolas se souvient qu'à quatre heures du matin, il s'était levé du lit et Pauline lui avait demandé où il allait. Elle devait avoir envie de dormir, et il s'apprêtait à rentrer chez lui : y avait-il une borne de taxis dans le quartier ? Elle avait alors tendu la main vers lui, en disant : « Moi, ce que je voudrais, c'est que tu passes la nuit ici, avec moi… »

Sur le moment, ce geste, qui aurait pu l'irriter, l'avait ému. Alors qu'ils ne se connaissaient que depuis quelques heures, elle s'adressait à lui comme s'il avait déjà une place dans sa vie. Quelque chose de particulier était en train de se produire, et ils semblaient l'un et l'autre intimidés par cette sensation partagée.

« Tu ne préfères pas rester seule ?

— Non. Mais toi, si tu as envie de partir, surtout ne reste pas…

— Non, non…

— Quoi ?

— OK, je reste. »

La même situation se répéta dans les jours, puis les semaines qui suivirent : ils ne parvenaient plus à se séparer. Avec le recul, Nicolas est surpris par cet appétit réciproque. Il se souvient d'un article scientifique sur lequel il est tombé, il n'y a pas très longtemps, et qui s'intitulait justement : « Comment naît l'amour ? » Il était expliqué que les individus sont *génétiquement* programmés pour aimer leur partenaire pendant trois ans. L'élan qui les pousse l'un vers l'autre s'expliquerait par la nécessité inconsciente de se reproduire ; ainsi, pendant cette courte période, suffisamment longue pour qu'un enfant puisse apparaître et se développer, le cerveau produirait certains neurotransmetteurs afin d'occulter les parties négatives du partenaire et d'entretenir le mythe de l'amour unique.

En lisant cet article, Nicolas avait ressenti une certaine gêne : rien n'est plus désagréable que les interprétations purement chimiques de vos sentiments. D'autant que, selon lui, cela ne suffit pas à expliquer une rencontre. Un accord plus profond est nécessaire. En ce qui les concerne, Nicolas a toujours pensé que, s'ils étaient complémentaires, c'était avant tout parce qu'ils n'avaient pas le même rapport au temps.

Mais comment définir ce rapport ?

Dans *L'Immortalité*, Milan Kundera suggère une méthode : placer des électrodes sur le cerveau d'un individu afin de déterminer le temps consacré respectivement au passé, au présent et à l'avenir. En répétant l'expérience sur plusieurs personnes, je suis convaincu qu'on découvrirait l'existence de trois catégories d'êtres : *les nostalgiques* (qui destinent l'essentiel de leurs pensées au passé), *les jouisseurs* (qui, selon la terminologie contemporaine du bien-être, vivent pleinement l'instant présent), et *les angoissés* (dont la plupart des rêveries sont tournées vers l'avenir). On pourrait évidemment fairc des sous-catégories et mettre, par exemple, *les ambitieux* sous la catégorie des angoissés, puisque c'est bien vers l'avenir qu'ils ne cessent de regarder – ce qui nous permettrait de souligner que l'angoisse est le moteur secret de l'ambition. De même, on pourrait mettre *les imbéciles* sous la catégorie des jouisseurs – ce qui laisserait suggérer que l'intelligence est avant tout l'activité qui consiste à voyager en dehors du présent.

À quelle catégorie appartient Pauline ?

Quand elle avait vingt ans, elle ne parvenait pas à guérir de cette étrange maladie qu'on appelle l'enfance : elle n'en finissait pas de se tourner vers son passé, et tous les souvenirs qu'elle y trouvait avaient une saveur triste. Elle revoyait ses vacances en Bretagne au bord de la mer, le visage bienveillant de sa grand-mère, les balades à vélo avec son père, la petite maison où elle avait grandi... Elle avait l'impression que plus rien ne serait jamais aussi doux. Autour d'elle, les gens souriaient : « Tu as vingt ans, tu ne vas quand même pas être nostalgique... »

Avec les années, elle a cessé de regarder derrière elle, sans pour autant parvenir à vivre dans le présent. Quand elle ferme les yeux pour tenter d'imaginer ce qui l'attend, un frisson d'effroi la traverse. De quoi a-t-elle peur ? L'avenir lui apparaît toujours sous la forme d'une plaine hostile. En toute logique, trente ans, ce devrait être l'âge de la jouissance. Je dis « en toute logique » sans ignorer qu'il n'y a aucune logique et que chaque être, à la façon d'une mauvaise herbe, pousse comme il le peut et, bien souvent, dans le désordre. Ainsi, Pauline est passée directement de *la nostalgie anachronique* (à vingt ans) à *l'angoisse prématurée* (à trente ans) : elle se demande parfois pourquoi elle a bêtement sauté la seule étape qui mérite d'être vécue, celle de *la jouissance*.

8

Elle travaille dans une grande entreprise de cosmétique. Les produits dont elle s'occupe la laissent assez indifférente – ce sont essentiellement des produits de beauté pour les hommes – mais elle est sérieuse, et son chef lui prédit une belle carrière. Le fait de gravir des échelons et d'être respectée pour son travail lui suffit ; elle n'a pas l'ambition, comme Nicolas, de faire quelque chose qui la distinguerait des autres. Pour être heureuse, elle a seulement besoin d'être rassurée sur son avenir : à cet égard, son entreprise lui convient parfaitement. Elle peut sans peine s'imaginer, dans quelques années, diriger une des sous-marques de la boîte ou, pourquoi pas, une de ses filiales. Elle a déjà trois personnes sous ses ordres, et on lui a promis d'en engager une quatrième d'ici la fin de l'année.

Ce jour-là, après son travail, elle a rendez-vous avec Nicolas devant la Cinémathèque qui a programmé une rétrospective sur Bergman

(Suède) : Nicolas, qui ne jure que par le cinéma, tient absolument à lui faire découvrir *Scènes de la vie conjugale*.

Quand elle arrive devant l'esplanade, elle l'aperçoit au loin et se dirige vers lui. Mais Nicolas ne l'a pas encore vue ; il demeure dans ses pensées, le regard fixe, et Pauline se demande ce qu'il a. Cet air sombre ne lui ressemble pas. A-t-il appris une mauvaise nouvelle ? Elle s'arrête et le contemple de loin, comme si elle l'observait pour la première fois. Cet homme, est-ce vraiment celui dont elle est amoureuse ? Pourquoi lui paraît-il soudain si différent de celui qu'elle connaît ? Quand il l'aperçoit, il se ressaisit aussitôt, et son visage s'illumine.

Le soir, elle repense à cette scène et ne sait pas quoi en déduire. Depuis qu'elle l'a rencontré, elle a toujours été frappée par son enthousiasme ; elle se demande maintenant si l'humeur sombre, qu'elle a entrevue alors qu'il ne se savait pas observé, n'est pas ce qui, finalement, définit le mieux Nicolas. Son enthousiasme permanent ne serait-il pas un beau masque derrière lequel il cache sa vraie nature ?

En réalité, c'est précisément cet effort fait sur lui-même, cette *capacité soudaine à la joie* qui définit son être profond. Car contrairement à Pauline, il n'appartient pas à la catégorie des angoissés, mais à celle des jouisseurs. Cela ne veut pas dire qu'il ne ressente aucune angoisse. Il a peur de la maladie, peur d'être jugé, peur de rater sa vie, peur de ne pas savoir raconter une histoire drôle, peur d'être en retard, peur de devenir laid, peur de ne pas avoir assez de repartie, peur de la force des autres, peur de perdre ses cheveux, peur de devenir pauvre, peur de ne pas être aimé... La liste est longue, et elle vient sans doute le tourmenter alors qu'il est seul, sur le parvis de la Cinémathèque en train d'attendre Pauline. Mais par un miracle de la nature, ces angoisses ne l'empêchent pas d'être, à l'instar de Beethoven, obstinément tourné vers la joie – et c'est pourquoi elle se sent si bien auprès de lui.

9

Beethoven (Allemagne) a une œuvre quantitativement très importante. Il a travaillé toute sa vie comme un fou, malgré les épreuves – dont la plus cruelle : sa surdité. En 1796, il prend conscience du problème. Il deviendra complètement sourd en 1820. J'ai toujours eu beaucoup d'admiration pour lui. Pour son travail, mais aussi pour la puissance de sa volonté. Vous êtes musicien, un médecin vous dit que vous allez devenir sourd, qu'est-ce que vous faites ?

Vous baissez les bras.

Beethoven, lui, se dit : « OK, je ne pourrai plus vivre en tant qu'interprète, je ne pourrai plus donner de concert, ma vie est sans doute foutue, je vais donc me lancer à corps perdu dans la composition, et j'en ferai quelque chose d'important ! »

C'est pourquoi j'aime la *Neuvième Symphonie*. C'est une œuvre qui vous oblige à la joie. Alors qu'il est en train de la composer, il écrit dans un de ses carnets : « Nous, êtres limités à l'esprit infini, sommes uniquement nés pour la joie et pour la souffrance. Et on pourrait presque dire que les plus éminents s'emparent de la joie par la souffrance. »

S'emparer de la joie par la souffrance ?

C'est sans doute la phrase qui résume le mieux la trajectoire de Beethoven. Cet homme est seul, pauvre et sourd. Seulement, il est animé d'une force vitale redoutable. Quelques années avant de mourir, il compose sa dernière symphonie, la plus grande, la plus complexe ; elle se finit sur ce chant qui nous dit : « Bon, c'est quelqu'un qui aurait toutes les raisons d'être malheureux qui vous parle, alors écoutez-moi : soyez joyeux ! Au-delà de la souffrance, c'est le seul *héroïsme* qui vaille. »

10

Dans un premier temps, Pauline et Nicolas n'eurent aucun mal à être joyeux. Ils décidèrent de s'installer dans un petit appartement, près de Montparnasse. Pauline avait déjà beaucoup de meubles ; la contribution de Nicolas fut plus modeste, mais symbolique – il acheta le lit. Il fut d'ailleurs très utile dans les premiers mois. La porte d'entrée étant trop étroite, il fallut faire venir une petite grue pour le monter par la fenêtre. Pauline et Nicolas assistèrent à la scène en souriant. Il y avait, dans la vision de ce lit qui s'envoyait en l'air, quelque chose de beau et de comique.

En mai, ils décidèrent de partir à Positano (Italie). C'est dans la chambre d'un hôtel en bord de mer que Nicolas prit Pauline pour la première fois par-derrière. Jusque-là, malgré l'attirance qu'il avait pour ce petit cercle rosé, il ne s'en était pas vraiment approché. Sans doute était-ce à cause des violons de Beethoven. La nudité de Pauline avait quelque chose de solennel qui l'intimidait. Mais dans cette chambre d'hôtel, les choses se présentèrent à lui différemment : elle s'était retournée et, au lieu de se mettre à quatre pattes sur le lit, d'une façon classique, elle avait niché son visage dans les oreillers, dressant son cul merveilleux vers le ciel. Le petit orifice brillait comme une étoile noire. Il la pénétra normalement. Ses deux mains étaient posées sur ses fesses, rondes, en mouvement de lumière, avant qu'un de ses doigts ne s'aventure vers son anus. Il cracha sans faire de bruit dans sa main, appliqua la salive sur la chair tendre et timide, et la palpa jusqu'à pouvoir enfoncer un doigt. Il pouvait sentir, à travers la cloison de velours, le mouvement de son propre sexe, et cela lui donna l'impression de la *tenir* véritablement. Quand elle fut suffisamment dilatée, il se retira doucement et entra en elle par-derrière. Elle changea de souffle, de cadence. Ce n'était plus une symphonie. Mais plutôt *La Lettre à Elise*. Quelques notes lentes. Et difficiles. Avant que la mélodie ne décolle. Elle eut un mouvement de tête. Son dos se creusa. Une coulée bleue et lumineuse de plomb fondu lui emplit alors le bassin.

Ils restèrent ensuite un long moment allongés l'un à côté de l'autre, sans parler. Elle le tenait contre lui, et Nicolas ne savait pas quoi penser de ce qui s'était passé. Avait-elle pris du plaisir ? Il lui avait semblé que oui, mais il n'en était pas certain. Était-ce seulement possible ?

Quelques jours plus tard, il tomba sur un livre de Jonathan Littell qui apporte à ce sujet un éclairage pertinent :

« Comment décrire ces sensations à qui ne les a pas connues ? Au début, lorsque ça entre, c'est parfois difficile, surtout si c'est un peu sec. Mais une fois dedans, ah, c'est bon, vous ne pouvez pas imaginer. [...] Cet effet remarquable serait dû, paraît-il, au contact de l'organe pénétrant avec la prostate, ce clitoris du pauvre qui, chez le pénétré, se trouve tout contre le grand côlon, alors que chez la femme, si mes notions d'anatomie sont exactes, elle s'en trouve séparée par une partie de l'appareil reproducteur, ce qui expliquerait pourquoi les femmes, en général, semblent si peu goûter la sodomie, ou alors seulement comme un plaisir de tête. »

Serait-ce donc un plaisir de tête ?

On serait tenté de répondre : oui. Mais pour elle, qui aime André Breton, il s'agit moins d'un plaisir que d'une offrande. Elle a lu *L'Amour fou*, cet éloge de la fusion, et elle a été marquée par sa beauté compulsive. Les phrases de Breton se sont immiscées dans sa vie, si bien qu'elle regarde aujourd'hui l'amour comme la certitude poétique qu'un seul individu nous correspond. Elle ne croit pas que le temps érode fatalement ce sentiment. Selon elle, il ne l'érode que pour ceux qui manquent d'imagination. Pour les autres, aimer, c'est jeter sur la vie une passerelle vers le merveilleux, et cela implique de déposer aux pieds de l'autre tout ce que l'on est : pleurs, inspirations, rêves et intestins.

C'est ainsi qu'elle abolit toutes les frontières qui la séparent de Nicolas.

11

Le lendemain, ils prirent un bateau à Sorrento pour Capri. Nicolas voulait visiter la maison qui avait servi de décor à Godard pour *Le Mépris*. À l'embarcadère, en attendant le départ, ils s'installèrent sur une terrasse ensoleillée et commandèrent un verre de chianti.

Il paraît que, le premier jour du tournage, Godard voit Brigitte Bardot arriver avec une choucroute impossible sur la tête. Il lui dit tout de suite qu'il faudra qu'elle change de coiffure, raconte Nicolas, mais elle refuse catégoriquement : cette coiffure, c'est son style. On ne peut pas en changer. Godard essaie d'insister, mais elle se braque : s'il continue, elle ne fera pas le film. Que faire ? Godard lui propose alors un marché.

« Quel marché ?

— Eh bien, je ne sais pas, par exemple, je vais me mettre à marcher sur les mains...

— Sur les mains ? *Vous ?*

— Oui. Et le nombre de mètres que j'arriverai à faire, ce sera le nombre de centimètres que vous enlèverez à cette coiffure. Ça marche ? »

Bardot le regarde d'un air boudeur, mais finit par accepter : elle est sûre de gagner. Et puis cette idée la fait rire... Les hommes ont souvent peur d'elle ; est-ce pour ça qu'ils n'essaient jamais de la faire rire ?

Ce qu'elle ne sait pas, c'est que Godard a deux talents dans la vie : faire des films et marcher sur les mains. Il fait son acrobatie, et Bardot compte à voix haute : « Un, deux, trois, quatre... »

Elle applaudit ; Godard est un génie.

Mais Pauline n'écoute que distraitement cette anecdote. Elle feuillette un journal local qui traînait sur la table d'à côté et semble concentrée sur un article. « J'ai toujours rêvé de vivre avec une femme qui parlait italien », lui dit alors Nicolas, et elle se met à lui traduire les articles à haute voix pour lui prouver qu'il a raison de vivre avec elle. C'est ainsi qu'ils apprennent qu'un joueur de la région a gagné à l'Euro Millions. Le nom du gagnant est bien entendu tenu secret, mais on sait qu'il habite dans un petit village près d'Amalfi. Tout le monde cherche à savoir de qui il peut bien s'agir. « J'ai lu un article dans *Le Monde*, lui dit Nicolas, qui racontait justement l'histoire d'un type qui avait gagné au loto. Il pensait que c'était le plus beau jour de sa vie mais, un ou deux ans plus tard, sa vie était comme dévastée : il s'était disputé avec sa famille, avec ses enfants, il n'avait plus aucun ami...

— Qu'est-ce que tu veux dire ?

— Je veux dire que les ennuis commencent souvent au moment où il y a de l'argent. Tu ne crois pas ? »

Pauline reste silencieuse un instant.

« Moi, tu vois, je pense que c'est justement l'inverse... Tu vas me trouver horrible, mais parfois je me dis, en observant le monde, que tout s'achète. Les amis, l'amour et même la santé...

— L'amour ? Quel est le rapport ?

— Le rapport, c'est que c'est beaucoup plus facile d'être amoureux quand on habite dans un bel appartement à Paris et qu'on peut se permettre de partir en Italie, tu ne crois pas ? »

Non, Nicolas ne croit pas.

Il faut dire qu'il n'a pas un rapport simple à l'argent. Cela tient sans doute au fait qu'il a failli être riche, *très* riche, mais qu'il ne l'est pas. Son arrière-grand-père faisait partie de la grande aristocratie russe et dut quitter son pays après la Révolution de 1917, laissant derrière lui tous ses biens. Après avoir transité par Berlin, il s'installa avec sa femme et son fils à Paris et devint chauffeur de taxi.

Bien des années plus tard, alors qu'il était encore enfant, Nicolas avait visité ce pays avec son père et avait été surpris de constater que Lénine n'avait pas du tout été déboulonné de la mythologie russe : il restait ce héros qui avait renversé un empire. Sur la place Rouge, il fallait faire la queue pendant de longues heures pour pouvoir admirer son mausolée. Pourquoi rendait-on un hommage aussi solennel à l'homme qui avait brisé tant de vies, dont celle de son arrière-grand-père ?

La Révolution, Lénine l'a préparée en secret à Montreux (Suisse). Dans un premier temps, les hommages qu'il reçoit ne sont pas toujours gratifiants. Ainsi, un jour, à la sortie d'un meeting secret, une jeune femme nommée Fanny Kaplan s'approche de lui alors qu'il regagne sa voiture. Elle l'apostrophe, il se retourne, et elle lui tire dessus trois fois. Deux balles l'atteignent mais ne le tuent pas. Les médecins jugent trop dangereux de les extraire, et Lénine doit se faire à l'idée de vivre désormais avec elles. Il sait qu'à tout moment ces petits projectiles en plomb, très proches de la colonne vertébrale, peuvent lui être fatals.

Regardez une photo de Lénine, et dites-vous maintenant que cet homme vit avec une minuscule bombe à retardement à l'intérieur de lui-même. C'est un homme qui n'a rien à perdre. On peut considérer qu'il s'agit là d'un détail ; en réalité, ces deux petites balles, invisibles à l'œil nu, logées entre l'épaule et le poumon, ont eu plus d'influence sur le destin de l'Europe que tout ce qui figure dans les livres d'histoire.

Il prend ensuite un train pour son pays. Le train est blindé, et à Petrograd il est accueilli au son de *La Marseillaise*. De féroces révolutionnaires russes chantent notre hymne en français : ce n'est pas un spectacle très rassurant pour l'avenir de l'Europe. Je ne veux pas faire de publicité excessive à Jehane-Louis Gaudet et à son *Chant de la paix*, mais il faut reconnaître que l'hymne national français est avant tout un chant de guerre, et que ses couplets ont les mains pleines de sang. *La Marseillaise* à Petrograd, cela fait frémir. À cet instant, Lénine ne connaît plus la peur ; de toute façon, il est condamné ; il brandit alors le bras et chante avec exaltation l'hymne révolutionnaire.

12

Pauline et Nicolas font partie d'un monde nouveau dans lequel l'argent a le pouvoir absolu. Nous ne sommes plus au XXe siècle qui était le siècle où l'on pouvait fumer dans les cafés et discuter : c'était le siècle des idées contradictoires. Les règles du jeu ont changé : ce sont désormais celles de l'argent, qui ont remplacé la notion de *contradiction* par celle de *négociation*. Voilà peut-être ce que Pauline essayait d'exprimer, tout à l'heure, lorsqu'elle disait qu'en observant le monde, on avait le sentiment que tout pouvait s'acheter.

À l'embarcadère, juste avant de payer les places de bateau, ils s'arrêtent à un distributeur, et la carte bleue de Pauline se fait avaler. « Tu vois bien qu'on ne peut pas tout acheter... », lui dit Nicolas avec un mauvais sourire.

Pauline l'embrasse en lui chuchotant : « Tu dis n'importe quoi... »

Au même moment, le signal de l'embarcation retentit, et le cœur de Nicolas se serre. Ils n'ont plus le temps de prendre les billets. Il regarde s'éloigner le bateau qui devait le rapprocher de Godard.

Depuis des années, il rêve de devenir réalisateur et, pour y parvenir, il a justement fait un sacrifice, celui de ne pas suivre le chemin clignotant de la réussite matérielle. Car Nicolas a commencé par faire des études sérieuses, et il aurait très bien pu avoir ce que son père appelle « un vrai métier ». Mais non. En attendant d'avoir l'opportunité de réaliser son premier film, il exerce des tâches qui ne le passionnent pas et pour lesquelles il est très mal payé. Il est parfois assistant sur un tournage ; la plupart du temps, il se contente d'être chauffeur pour les acteurs. Quand il a du temps libre, il essaie d'écrire son scénario. En est-il pour autant plus malheureux ?

La nuit, le fantôme de son arrière-grand-père vient le visiter pour le sermonner : « Tu as la chance d'avoir fait des études, tu es un garçon intelligent, et tu vas tout gâcher pour quoi ?

Pour faire du cinéma ? C'est joli, le cinéma. Mais qu'est-ce que tu vas faire, si jamais tu n'as pas de talent ? Sache que la vie est dure, *très* dure, ce n'est pas une partie de plaisir. Il y aura des épreuves en permanence. Beaucoup d'épreuves. Quand je suis arrivé à Paris, je n'avais plus rien. Plus rien, tu m'entends ? Je parlais cinq langues, j'étais plus cultivé que n'importe qui, et pourtant j'ai travaillé toute ma vie comme un fou pour payer mon loyer. Pendant des années, j'ai été chauffeur de taxi. Et toi, tu as fait des études, et que choisis-tu au nom du cinéma ? De devenir chauffeur ! Crois-moi, c'est stupide. Allez, dépêche-toi de te faire embaucher dans un cabinet d'avocat... »

Mais il lui suffit de fermer les yeux, et le fantôme se tait.

C'est ce que Pauline admire chez lui : il est un rempart contre les mauvaises pensées. Du moins contre les siennes. À travers lui, elle a la sensation de se réconcilier avec la saveur des choses offertes.

Serrés l'un contre l'autre, je les vois sur l'embarcadère vide de Sorrento. Ils regardent sans regret le bateau disparaître dans le lointain ; ils prendront le prochain, car rien ne presse, et tout leur appartient – ils ont le présent devant eux.

13

Tout comme les bolcheviques de Petrograd, qui acclamèrent Lénine en chantant, Beethoven avait le cœur qui battait pour la Révolution française.

À tout juste trente ans, il compose sa *Troisième Symphonie* et veut la dédier au général Napoléon Bonaparte, alors Premier consul. Car Beethoven croit aux valeurs de la République. Mais quand il apprend que l'Empire français est proclamé, il se sent trahi dans ses aspirations et remplace sur la partition l'intitulé « Buonaparte » par la phrase : « Grande symphonie Héroïque pour célébrer le souvenir d'un grand homme ».

Il souligne plusieurs fois, avec rage, le mot « souvenir », si bien qu'il déchire légèrement le papier.

Beethoven n'a jamais eu beaucoup de chance avec l'argent. Sa surdité l'empêche de faire des concerts, et il attache trop d'importance à son indépendance pour pouvoir vivre aux crochets de qui que ce soit.

Une fois, il accompagne le prince Carl Lichnowsky dans son château de Silésie. À cette époque, cette région qui s'étend sur la Pologne, la République tchèque et l'Allemagne est occupée par l'armée napoléonienne, et le prince Lichnowsky accueille dans son château quelques officiers français. Quand ils apprennent que l'homme qui se trouve en face d'eux est le célèbre compositeur, ils lui demandent de leur jouer quelque chose. Un petit air de piano. Mais Beethoven refuse : pour lui, ce sont des traîtres. Le prince insiste, il a envie de faire plaisir à ses hôtes, mais Beethoven n'est pas exactement réputé pour avoir bon caractère : il a décidé qu'il ne jouerait pas pour l'armée napoléonienne et il ne changera pas d'avis. Le prince se fâche et ils se brouillent. Comment ose-t-il lui refuser cette minuscule grâce ? Le soir même, Beethoven lui envoie un mot doux pour se justifier : « Prince, ce que vous êtes, vous l'êtes par le hasard de la naissance. Ce que je suis, je le suis par moi. Des princes, il y en a et il y en aura encore des milliers. Il n'y a qu'un Beethoven. »

J'adore ce petit mot.

Quelques années plus tard, plusieurs princes s'associent, dans un élan patriotique, pour empêcher le compositeur autrichien de partir en Westphalie et lui proposent de lui verser une rente annuelle considérable s'il accepte de rester à Vienne. C'est un contrat en or. Le contrat de sa vie. Beethoven accepte : il va enfin pouvoir travailler sans se soucier de l'argent… Malheureusement, la reprise de la guerre entre la France et l'Autriche change la donne : la famille impériale est contrainte de quitter Vienne, et le traité imposé par Napoléon (décidément) ruine littéralement ses mécènes. En conséquence de quoi, Beethoven ne touchera pas un centime de ce contrat.

Sans Napoléon, Beethoven n'aurait pas fini sa vie dans la misère ; sans Lénine, Nicolas aurait commencé la sienne dans l'opulence.

C'est la loterie de l'Histoire. Mais contrairement à l'Euro Millions, le ticket est gratuit.

14

J'ai bien peur que, dans la grande loterie de l'Histoire, le vrai perdant ne soit Platon. Dès qu'il entrait dans l'appartement, Nicolas se mettait à éternuer, à se gratter le nez et à pleurer. « Qu'est-ce qui t'arrive ? » lui demandait Pauline. Il fut bien obligé de lui dire, sans pour autant lui révéler la fragilité ontologique de leur rencontre, qu'il était allergique aux poils de chat.

« Je suis désolé, mais je n'y peux rien...

— Qu'est-ce qu'on peut faire ? Il faut trouver une solution. »

Il tenta de prendre des médicaments, qui se révélèrent inefficaces. « C'est sans appel, mon amour. Tu dois choisir : c'est lui ou moi », résuma-t-il sur un ton qui déplut à Pauline. Elle adorait cet animal, et l'idée de s'en séparer lui était très pénible. Pourquoi plaisantait-il avec ça ? « C'est un chat sauvage, tu sais. Je l'ai trouvé en Roumanie... J'étais là-bas pour le travail, et j'ai croisé un homme, un petit vieux, qui a essayé de me le revendre. En fait, il en avait toute une portée. Plein de chatons noirs comme Platon. Son anglais n'était pas très bon, mais j'ai compris qu'il noierait ceux qu'il n'arriverait pas à vendre dans la journée. Je n'ai pas pu résister, et je suis rentrée avec lui… J'en ai sauvé au moins un.

— Et pourquoi tu l'as appelé Platon ?

— Parce qu'on dirait qu'il est toujours en train de réfléchir, tu ne trouves pas ? »

Pauline décida finalement de le confier à sa mère, qui habitait Chartres. Ils partirent un samedi en voiture pour le déposer. Platon était à l'arrière, dans une cage en plastique ; il ne bougeait pas ; Pauline était silencieuse ; ce voyage avait des allures de convoi funéraire.

Nicolas jeta un œil dans le rétroviseur : une certaine inquiétude pointait dans son regard. Le petit philosophe comprenait-il ce qui se passait ? Par association d'idées, il repensa au *Banquet* de Platon (Grèce), dans lequel Aristophane raconte que nous n'avons pas toujours été tels que nous sommes. Notre nature était différente – mais qui ne connaît pas ce mythe ? Il y avait d'abord trois catégories d'êtres humains : le mâle, la femelle et l'androgyne. Tous avaient la forme d'une sphère avec quatre mains, quatre jambes et deux visages. Mais la force des humains était telle que Zeus trouva un moyen pour les affaiblir : il les coupa en deux. Ainsi commença l'amour : chaque être pressentant au plus profond de lui qu'il n'est que la fraction d'une entité déchirée.

Aristophane n'avait peut-être pas tort et Platon, dont il fallait maintenant se séparer, n'était qu'un dommage collatéral pour que deux moitiés perdues puissent enfin se retrouver.

Tout compte fait, se dit Nicolas, il s'agissait moins d'un convoi funéraire que d'un voyage romantique !

15

L'air chaud du mois de juin s'engouffre par la vitre ouverte de la voiture. Nicolas branche son Ipod sur la radio, sélectionne *Perfect Day* de Lou Reed, et se met à chanter à voix haute. Pauline le regarde avec amusement. Combien de fois ont-ils écouté cette chanson ? Elle se souvient, par exemple, d'un soir où ils ont dansé ensemble dans le salon ; à la fin de la musique, malgré le silence assourdissant, ils étaient restés collés l'un à l'autre, continuant de tourner sur eux-mêmes pendant de longues minutes. Nicolas estime qu'il n'y a rien de plus beau que ce morceau. Il dit parfois : « Dans la liste des choses qui justifient l'existence, il y a toi et, juste après, il y a *Perfect Day* de Lou Reed ! »

Les yeux fermés, elle répondait : « chuttt… », ne voulant pas gâcher leur beau silence.

Elle sait que, même dans vingt ans, en écoutant cette chanson, elle repensera à cette danse interminable dans le salon. À ces premières années avec Nicolas. Elle repensera à sa jeunesse.

C'est, en quelque sorte, l'hymne national de leur couple.

Mais les couples, comme les pays, ne sont pas éternels, et je me demande comment Nicolas et Pauline se projettent dans l'avenir. Pour l'instant, la voiture roule sur cette nationale ensoleillée, mais on le sait, cela ne pourra pas durer éternellement – viendra le moment où le morceau finira, et où les corps devront fatalement se séparer.

Est-ce qu'ils y pensent parfois ?

Nicolas se souvient que le jour où ils ont visité leur nouvel appartement, derrière le boulevard Montparnasse, un détail avait retenu son attention : alors qu'elle s'était montrée hésitante lors des différentes visites, Pauline avait tout de suite été emballée par le trois-pièces que leur avait vanté l'agent immobilier. Elle aimait la vue que l'on avait du salon, ainsi que la cage d'escalier – et notamment la rampe en fer forgé qui lui faisait dire que l'immeuble n'avait « rien perdu de son charme Art déco ». Ce qui avait pourtant fait la différence, c'était cette troisième petite pièce. Pauline lui avait dit que ce serait un endroit idéal pour lui. « Tu pourras y mettre ton bureau. Tu seras au calme pour écrire ton scénario... » Nicolas n'avait évidemment pas émis de réserve ; après tout, c'était une bonne idée. Mais il avait noté, juste avant de repartir, que Pauline s'était arrêtée une dernière fois devant la minuscule pièce et qu'un sourire inconnu avait traversé son visage. À quoi pensait-elle exactement ?

Nicolas avait été amusé par son sens pratique ; ils ne s'étaient pas encore installés ensemble qu'elle prévoyait déjà la possibilité d'avoir un bébé. Et lui, est-ce qu'il lui arrivait d'y penser ? Autour de lui, ses amis commençaient à faire des enfants, ce qui s'appelle : *avoir trente ans*. Mais il n'envisageait pas cette hypothèse de façon concrète. Pour le moment, il aimait Pauline. Mais où en seraient-ils dans un an ? Dans deux ans ? Il était incapable de le dire.

16

En roulant sur cette route de Chartres, Nicolas repense à un film qu'il a découvert peu de temps auparavant : *Voyage en Italie*, de Rossellini. Il sait que Godard a été très impressionné par ce film et qu'il en a multiplié les citations, les références et les emprunts dans *Le Mépris*. C'est l'histoire d'un couple d'Anglais qui part en vacances à Naples ; la première scène se passe justement dans une voiture, et c'est sans doute la raison pour laquelle ces images lui reviennent à l'esprit, alors qu'ils roulent en silence vers Chartres. Les acteurs principaux sont : Ingrid Bergman (Suède) et George Sanders (Angleterre). Au cours de ce voyage, quelque chose entre eux s'étiole inexorablement et ils découvrent qu'ils ne sont plus que des étrangers l'un pour l'autre.

C'est le chemin inverse que semblent suivre Pauline et Nicolas. Après avoir traversé les plaines désertes de la Beauce, ils arrivent à Chartres, et le visage de Pauline s'illumine. « Ça me fait plaisir que tu voies l'endroit où j'ai vécu. » Elle lui demande de tourner à droite après le feu, et ils se retrouvent dans une minuscule rue. « Je faisais ce chemin tous les jours pour aller à l'école quand j'étais petite... Regarde, je tournais là, à gauche... » Nicolas aperçoit une autre rue, qu'il juge quelconque, mais soudain il imagine cette petite fille, avec un cartable sur les épaules, et il se dit qu'il aurait bien aimé la connaître, enfant. « Quoi ? Pourquoi tu souris ? lui demande-t-elle. Tu trouves ça ridicule ? — Non, non, pas du tout. Au contraire... »

Il a l'impression de faire un pèlerinage dans le passé de Pauline, et il se dit qu'aimer une personne, c'est aussi aimer l'enfant qu'elle a été. Il l'imagine sage et concentrée, sur le chemin de l'école, marchant aux côtés d'une autre fille. Après l'école, elle faisait toujours un détour par la boulangerie pour s'acheter des bonbons. Elle volait de l'argent dans le porte-monnaie de sa mère. Comme elle était croyante, elle pensait que Dieu finirait par la punir pour ses crimes. D'ailleurs, son dentiste prétendait qu'elle avait un nombre anormal de caries.

Sur la droite, Pauline lui montre le gymnase où elle faisait du judo. « Tu faisais du judo, toi ? — Oui », répond-elle en haussant les épaules. Et il se met à rire. « Je faisais aussi du piano. Mais je détestais ça. J'avais une prof débile... Mon père, lui, jouait très bien. Il jouait tout le temps. C'était fabuleux de l'écouter... Il aurait pu en faire son métier... »

Pauline redevient silencieuse, et Nicolas se dit qu'elle pense à son père. Il se souvient que c'est une des premières choses dont elle lui a parlé. Il avait été emporté par un cancer quand elle avait onze ans. Parmi tout ce qu'elle lui avait raconté, une image s'était incrustée dans son esprit : vers la fin, dans les dernières semaines, elle allait tous les jours le voir à la clinique, juste après l'école. Elle faisait avec lui ses devoirs pour le lendemain. Nicolas imagine cette scène : une petite fille, avec ses cahiers et sa trousse, assise consciencieusement à côté du lit d'hôpital. Son père la regarde en silence ; les pensées les plus affreuses doivent alors le traverser.

17

La maison se trouve au bout d'une impasse, et Pauline lui demande de garer la voiture dans la rue perpendiculaire pour y aller à pied. « Nous sommes arrivés », dit-elle à Platon. Le soleil les éblouit et donne aux arbres une teinte rouge. La mère de Pauline les attend devant la maison. Elle embrasse sa fille et la tient un instant dans ses bras. Puis elle se tourne vers Nicolas et lui dit : « Je suis vraiment contente de vous voir... J'espère que vous avez fait bonne route. »

Ils prennent ensuite un café dans le petit jardin qui se trouve derrière la maison. On se croirait très loin de Paris, dans un autre pays, et Nicolas essaie d'imaginer l'enfance de Pauline. D'après ce qu'il a compris, après la mort de son mari, sa mère est restée longtemps célibataire, mais elle a fini par refaire sa vie avec un anesthésiste de la région. Malheureusement, il a dû s'absenter pour un congrès sur la douleur des animaux : il ne reviendra que lundi. La douleur des animaux ? Elle explique qu'en Allemagne, les animaux sont endormis avant d'être tués, alors qu'en France, personne ne se préoccupe de ce sujet, et les abattoirs sont des endroits abominables où règnent la torture et le supplice. « Les animaux, eux aussi, ont le droit d'avoir une mort décente, vous ne pensez pas ? » Elle s'intéresse beaucoup à ce sujet depuis un certain temps et, d'ailleurs, elle ne mange plus de viande. Elle a préparé un gratin de courgettes pour le soir.

« Tu comptes aller voir papa ? » demande-t-elle soudain à Pauline, qui semble prise de court et qui, ne sachant quoi répondre, se tourne maladroitement vers Nicolas. En passant derrière la cathédrale, tout à l'heure, il a aperçu un cimetière, et il s'est dit que c'était sans doute là que son père était enterré. « Ça t'embête si on y va ? » lui demande-t-elle un peu plus tard, alors qu'ils ont fini le café et que sa mère range la cuisine. Nicolas lui répond que non, évidemment, et ils se mettent en chemin. Pauline a pris un arrosoir, qu'elle remplit d'eau à l'entrée du cimetière ; ils traversent des allées silencieuses de graviers blancs. La tombe de son père semble toute petite ; un massif de bégonias la recouvre, et Pauline l'arrose avec une attention presque maternelle, comme si c'était cette plante qu'ils étaient venus voir. Puis, une fois cette tâche achevée, ils restent un moment l'un à côté de l'autre, sans rien se dire ; et, devant la tombe endormie, elle lui prend la main.

18

Après le dîner, au cours duquel la mère de Pauline a défendu le combat de Bardot en faveur des animaux – « porter une fourrure, dit-elle, c'est porter la mort » –, ils montent dans sa chambre d'enfant. Elle n'a pas bougé depuis des années : c'est toujours les mêmes rideaux, le même papier peint, le même dessus-de-lit que lorsque Pauline a quitté la maison, à dix-huit ans, pour venir faire ses études à Paris. Elle est comme rassurée en poussant la porte ; le monde peut disparaître, il y aura toujours un endroit où sa propre histoire restera intacte.

En s'allongeant dans le lit, aux côtés de Nicolas, elle repense à la première fois qu'elle s'est couchée contre un garçon – c'était justement *dans ce lit* – et les deux situations se superposent dans son esprit. Elle avait été si maladroite à l'époque... Elle avait dix-sept ans... Le garçon, elle s'en souvient, avait eu un petit sourire ironique en se rhabillant, qui l'avait blessée : elle n'y connaissait manifestement pas grand-chose aux choses de l'amour. Pendant des années, ce petit sourire l'avait inhibée, et elle avait été convaincue de ne pas savoir s'y prendre avec les hommes.

Mais maintenant, Nicolas la déshabille. Elle ne porte qu'une petite culotte rose, ainsi qu'un t-shirt blanc. Elle s'écarte doucement de lui et descend jusqu'à son sexe, qu'elle tient dans sa main avec une fierté joyeuse. Elle le tient comme on tiendrait un étendard, et c'est l'étendard de sa féminité qu'elle brandit devant le souvenir de son premier amour. Elle a alors l'impression, à travers la distance des années, que la jeune fille qu'elle a été lui tend la main. Ce lit contient subitement tous ses amours, du premier jusqu'au dernier, et elle croit pouvoir remonter cette chaîne amoureuse, retoucher au frisson de la première fois et vaincre enfin ce souvenir.

Nicolas essaie de lui retirer sa petite culotte, mais elle s'écarte encore un peu. « J'ai envie de te faire jouir avec la bouche... », dit-elle comme on dirait, avec gourmandise : « J'adore la glace au chocolat... »

Sa honte ancienne a disparu et, alors qu'elle lèche le sexe de Nicolas tout en le regardant droit dans les yeux, elle s'imagine venger le souvenir de son ancienne maladresse. Elle se sent à l'aise, *experte* ; dans le décor anachronique de sa chambre d'enfant, elle a l'enivrante sensation d'être devenue une femme.

19

Cette nuit-là, Pauline fait un rêve étrange. Elle se promène seule dans une prairie. Elle a perdu son chemin. Soudain, elle aperçoit un bâtiment. Elle entre dans un grand hall, appelle, mais personne n'est là pour la renseigner. Il lui semble pourtant entendre des bruits, et plus elle avance plus elle reconnaît des bruits de bêtes gémissantes. Elle pousse une porte et se retrouve au milieu d'un abattoir. Des hommes armés de haches tranchent la tête des animaux. Il y a des cris et des pleurs. Au sol, une mare de sang. Elle est alors gagnée par un sentiment de honte, comme si tout ce sang venait d'elle.

Elle s'enfuit en courant.

Dehors, elle est au bord de la mer. Elle aperçoit un bateau, sur lequel elle distingue deux silhouettes qui lui font des signes dans le lointain. Elle plisse les yeux pour tenter de les identifier : il y a un homme qui tient la main d'une petite fille. Mais le bateau dérive de plus en plus, et ces deux personnes deviennent minuscules. Soudain elle reconnaît son père, qui a la tête tranchée, et elle en déduit que la petite fille qui lui tient la main, c'est elle, à l'époque de son enfance – mais au même instant le bateau disparaît.

20

Le lendemain, pendant le trajet du retour, ils ne se parlent pas. Pauline n'a pas bien dormi, et Nicolas ne parvient pas à la distraire. Pourquoi paraît-elle soudain si soucieuse ?

Il est bientôt midi. La mère de Pauline vient de les appeler pour leur dire que Platon est confortablement installé dans le salon et qu'il ronronne. « Tant mieux », pense-t-elle.

Ce n'est qu'en arrivant à Paris qu'elle retrouve son sourire. « Je suis contente de laisser tout ça derrière moi », dit-elle sans préciser ce qu'elle entend par « tout ça ».

Elle pose alors sa tête sur l'épaule de Nicolas ; il se sent fort et heureux.

Sur la banquette arrière de la voiture, la cage en plastique de Platon est vide ; ils vont pouvoir y mettre leur amour.

DEUXIÈME PARTIE

LE SACRIFICE

1

Le 22 septembre 1984, Helmut Kohl et François Mitterrand participent à Verdun à une grande cérémonie à la mémoire des victimes de la Première Guerre mondiale. « Verdun », ce seul mot fait frémir d'horreur. C'est une des batailles les plus inhumaines auxquelles on se soit livré. Sous un déluge d'obus, les hommes, dont le but principal consistait à tenter de survivre, ont vraiment connu l'enfer.

Les poilus disaient : « Aller à Verdun, c'est être envoyé à *l'abattoir.* »

Au-dessus des tombes, soixante-dix ans après, l'hymne français retentit devant un parterre d'invités, de journalistes et de témoins. Kohl se tourne alors vers Mitterrand, dont la main se détache déjà légèrement avant de rencontrer celle du chancelier allemand – quelques instants qui deviendront immortels et qui constitueront, dans les livres d'histoire, le symbole de la réconciliation entre les Français et les Allemands.

J'ai toujours été frappé par le talent de certains hommes politiques pour *fabriquer* des images historiques. Mitterrand a affirmé que le geste avait été spontané : ce n'était en rien un calcul politique. « Nous n'en avions pas parlé le moins du monde. Mais, nous trouvant debout devant le cercueil, instinctivement, je me souviens, je me suis tourné vers lui, je lui ai tendu la main. Sa main est venue en même temps. »

Ce jour-là, *La Marseillaise* était purement instrumentale. Ainsi, on ne pouvait pas entendre : « Qu'un sang impur abreuve nos sillons... » Non. Il n'y avait que les cordes et les cuivres pour interpréter l'hymne français.

Je me demande ce qu'en auraient pensé tous les morts, s'ils avaient pu voir cette main tendue. Leur sacrifice ne leur serait-il pas apparu comme une absurdité supplémentaire ? Et pourquoi, au moment où les obus tombaient sur Verdun dans une pluie de cauchemar, personne n'avait pensé à tendre la main ?

Mais est-ce que cette cérémonie les concerne vraiment ? N'est-elle pas uniquement destinée aux vivants ? Quand on regarde ces images, en tout cas, ce n'est pas vraiment à ces morts-là que nous pensons, mais à ceux de la Seconde Guerre mondiale, qui sont juste derrière nous et dont, en 1984, on entend encore les plaintes douloureuses. Mitterrand prend la main de Kohl au moment précis où Kohl voulait prendre la main de Mitterrand, et c'est une façon d'affirmer à toute l'Europe : « Maintenant, le couple franco-allemand est un couple solide. Il n'y aura pas d'infidélité. C'est pour la vie. Il y a eu le pire, il y aura désormais le meilleur. Plus rien ne pourra jamais les désunir. Car ils s'aiment. »

2

« Tu avais l'air ailleurs », lui dit Pauline un peu plus tard. Il lui fait un sourire faussement surpris, comme pour lui indiquer qu'elle se trompe. Non, pas du tout. Il ne va quand même pas lui avouer qu'il a imaginé qu'ils étaient trois dans un lit et que, dans sa rêverie, la troisième personne avait le visage de Sofia, cette jeune Polonaise qu'elle lui a présentée quelques jours auparavant.

Pauline ne cherche pas à en savoir davantage. Cela fait déjà un certain temps qu'elle a remarqué qu'il était étrange, mais elle attribue cette distraction à son travail. Elle sait qu'il est en train de finir son scénario et qu'il doute beaucoup de la valeur de ce qu'il écrit. « Une fois qu'il aura terminé, se dit-elle, les choses rentreront dans l'ordre. » Aussi, ce matin-là, l'embrasse-t-elle tendrement avant de claquer la porte derrière elle. Nicolas se retrouve seul ; il va dans la cuisine pour se faire du café. À travers la fenêtre, il peut apercevoir le manteau gris du boulevard Montparnasse. Il n'aime pas l'hiver.

Il repense à Sofia. À ce dîner qu'elle a organisé chez elle. C'était la première fois qu'il la voyait et, tout de suite, au moment même où il avait poussé la porte de son appartement, il avait été troublé par sa présence – à moins que ce ne soit par son léger accent ou sa façon si familière d'appeler tout le monde « mon chéri ». Bien que née à Cracovie (Pologne), Sofia parle très bien français : elle a quitté son pays à dix-huit ans pour venir faire ses études d'interprétariat à Paris. Elle déteste la Pologne : elle dit que c'est un pays homophobe et réactionnaire. Elle préfère de loin la France, même si elle voyage beaucoup dans toute l'Europe, qui est le royaume des traducteurs et donc, dit-elle en souriant, des malentendus. C'est d'ailleurs à l'occasion d'une table ronde sur le marché des cosmétiques, pour laquelle elle avait été engagée en tant que traductrice, que Pauline l'a rencontrée : d'après ce qu'elle avait raconté à Nicolas, elles avaient passé trois jours à rire ensemble. Par la suite, elles s'étaient souvent revues à Paris, mais toujours en tête à tête, jusqu'à ce que Pauline lui propose de l'accompagner à ce dîner. « Ça me ferait plaisir que tu la connaisses, lui avait-elle dit. C'est une fille que j'adore... » Il avait accepté, et c'est ainsi qu'il s'était retrouvé, quelques jours auparavant, dans ce grand appartement du Trocadéro, pour une soirée dont il avait d'abord cru, à tort, qu'elle n'aurait aucun intérêt.

3

Quand Nicolas lui avait demandé si elle vivait là depuis longtemps, elle lui avait tout de suite dit que ce n'était pas *son* appartement : un de ses amis, qui n'était jamais à Paris, le lui prêtait gratuitement. Ils couchaient parfois ensemble, ce qui est beaucoup plus pratique qu'un contrat de location. En parlant de lui, sous le regard sidéré de Nicolas, elle disait : « Mon meilleur ami. »

Pauline lui avait dit que Sofia avait beaucoup de succès avec les hommes. Ce n'était pas uniquement sa beauté qui attirait, mais sa façon de se laisser regarder. Car Sofia n'attache aucune importance aux conventions. En vérité, elle a très peur qu'on ne la prenne pour une de ces filles de l'Est venues chercher un mari en France. Elle s'applique donc à renvoyer l'image inverse : celle d'une femme un peu sauvage et désintéressée. Elle dit par exemple qu'elle ne veut pas se marier. « Je ne crois pas en l'amour, argumente-t-elle. Ce que je veux, c'est être libre. »

Pauline est fascinée par elle.

« Tu ne crois pas en l'amour ? C'est triste...

— Pourquoi ? Moi, j'aime les hommes. Et les hommes m'aiment aussi. Ils savent que je ne cherche pas une histoire classique et, du coup, je ne leur fais pas peur... Pourquoi ce serait triste ? Moi, je trouve ça plutôt joyeux.

— Je ne sais pas. Tu n'espères pas rencontrer quelqu'un et construire quelque chose avec lui ?

— Franchement ? Non, pas du tout ! » avait-elle dit dans un éclat de rire, avant de leur demander : « Pourquoi, vous, vous êtes ensemble depuis combien de temps ?

— Depuis deux ans », avait répondu Pauline en se tournant vers Nicolas.

4

Il avait fallu qu'il l'entende de la bouche de Pauline pour réaliser qu'en effet, ils étaient ensemble depuis plus de deux ans. Le temps est une comète. Que s'était-il passé en deux ans ?

Sofia hébergeait jusqu'à la fin du mois un metteur en scène de théâtre polonais très réputé : non seulement ils étaient amis depuis le lycée, mais il préparait un spectacle qui devait se monter à Chaillot, c'est-à-dire : juste en face. « Ce sera un grand spectacle autour d'une histoire qui me fascine depuis des années..., avait-il affirmé.

— Laquelle ? avait demandé Pauline au moment où Sofia les avait invités à passer à table.

— C'est l'histoire d'une jeune Polonaise qui, durant la Seconde Guerre mondiale, a caché chez elle une famille juive. Mère de deux enfants, enceinte du troisième, elle se fait dénoncer par une voisine. Alertée de l'imminence d'une descente allemande, elle se réfugie chez son père. Elle sait qu'ils ne tarderont pas à la retrouver et qu'elle sera fusillée. Mais elle a deux enfants, et ce troisième qu'elle porte en elle... Elle demande alors à son père, son dernier sauveur, de se dénoncer à sa place. Le sacrifice qu'elle lui demande est énorme. Ce n'est pas pour elle qu'elle le fait, précise-t-elle, mais pour ce bébé qui est censé bientôt naître. Le père ne sait pas quoi lui répondre, et les Allemands frappent déjà à la porte. Durant l'interrogatoire, le SS veut savoir exactement qui est responsable. Il lui promet qu'elle aura la vie sauve si elle lui donne le nom des traîtres. Elle se tourne une dernière fois vers son père, suppliante, mais celui-ci baisse les yeux. Elle comprend qu'il n'est pas prêt à se sacrifier pour elle. Après tout, c'est elle qui a pris le risque, pas lui. Pourquoi paierait-il pour les autres ? Elle ne dit rien, sinon qu'elle est la seule responsable, et elle se fait embarquer par les Allemands.

— C'est une histoire terrible.

— Non, avait répondu le metteur en scène. C'est une histoire polonaise... »

Il avait ensuite parlé de la notion de *sacrifice*. Ce serait le thème de son spectacle. Pour qui est-on prêt à donner sa vie ? Voilà la question qui l'obsédait. Selon lui, cette notion avait complètement disparu de notre conception du monde : nous sommes comme le père de son histoire, nous détournons avec effroi le visage de l'autel.

Tout en l'écoutant, Nicolas essayait de déshabiller mentalement Sofia. Il aimait l'idée que sa femme soit amie avec une aussi jolie fille. D'où venait-elle ? Quelle avait été sa vie ? Avait-elle fait des sacrifices pour quitter son pays. Et d'ailleurs, pourquoi l'avait-elle fui ? Était-ce vraiment, comme elle l'avait dit au début de la soirée, parce qu'elle estimait qu'il était homophobe et réactionnaire ? Ou y avait-il autre chose ? Comment savoir ? L'histoire de la Pologne est tellement accidentée. C'est une plaine peuplée de fantômes : les cendres que crachaient les camps sont peu à peu retombées au sol, elles ont servi d'engrais à la terre, et cela fait plus de soixante ans que l'on mange, là-bas, des choux qui ont l'odeur de la mort.

« Bon appétit », avait dit Sofia après avoir servi les assiettes de ses invités.

5

Parce qu'il est né en France au tout début des années 80, Nicolas appartient à une génération qui est complètement passée au travers des filets de l'Histoire : pas de victime, pas de bourreau, pas de sang. *Pas de sacrifice*. Il n'y a que les égratignures de la vie ordinaire – et c'est peut-être ça son drame.

Il se dit par exemple : « Je n'ai jamais tenu d'arme entre les mains. »

Les deux seuls événements historiques auxquels il a le sentiment d'avoir assisté sont :

a) la chute du mur de Berlin

b) l'effondrement du World Trade Center.

Il n'a pas eu de grandes décisions à prendre, comme cette jeune Polonaise qui a pris le risque de cacher des Juifs dans une cave, comme ce père qui refuse de se sacrifier pour elle ou, dans une certaine mesure, comme Sofia qui a grandi sous le communisme et qui, un jour, a quitté son pays pour une raison mystérieuse. La notion de sacrifice n'a plus beaucoup de sens pour lui. Nous ne sommes plus au XXe siècle.

Il regarde autour de lui ; oui, bon, Pauline lui a sacrifié son chat.

6

« Deux ans ? » avait repris Sofia avec un grand sourire incrédule, comme s'il s'agissait d'une performance dont elle se sentirait, elle, incapable.

« Sofia ne croit pas en l'amour..., avait commenté le metteur en scène.

— Pourquoi ?

— Parce que je regarde autour de moi. Tu trouves que ça donne envie de croire en l'amour, toi ?

— Alors tu crois en quoi ?

— Moi, la seule chose en quoi je crois, c'est le plaisir.

— Sofia est une mangeuse d'hommes..., avait résumé Pauline en regardant Nicolas, qui essayait de garder son calme.

— Ah ?

— Mangeuse d'hommes, je te remercie... Je dirais plutôt que ma philosophie, c'est l'hédonisme. Jouir et faire jouir... Sans faire de mal. Ni à toi-même ni aux autres. C'est ma seule morale. En fait, je pense comme un homme...

— Tu crois que les hommes pensent comme ça ?

— Tu ne crois pas, toi ?

— Non, avait répondu Pauline. Je pense que ça dépend des hommes.

— Qu'est-ce que tu en penses, toi ?

— Moi ? sursauta Nicolas.

— Oui. Tu ne crois pas que les hommes sont tous polygames ? »

Il avait eu un sourire embarrassé.

7

Si son sourire est embarrassé, c'est parce que cette question le tourmente de plus en plus. Il aime Pauline. Mais un homme peut-il se satisfaire sexuellement d'une seule femme ? Il a parfois le sentiment que cela reviendrait à renoncer au monde, et donc, un peu, oui, à vivre. Il ne peut pas se mentir : combien de fois par jour, en apercevant une autre silhouette dans la rue, se dit-il : « Je donnerais n'importe quoi pour coucher avec cette fille... » ? C'est par ses promesses de sensualité que le monde nous torture. À ce problème, il ne voit aucune issue véritable ; les possibilités ne sont pas infinies et Nicolas, en bon scénariste, s'épuise à les répertorier :

1) Le scénario romantique.

Il consiste à vivre dans l'illusion de l'éternel amour. Ce scénario exclut de façon catégorique la notion d'infidélité. Le risque est évidemment de se réveiller au soir de sa vie, dépouillé de toute opportunité sensuelle, et de se dire : « Ce que j'ai été con quand même... » Effets secondaires : frustration, tendance à faire la morale aux autres, pudibonderie en tout genre, humeur instable.

2) Le scénario sentimental.

Ce scénario est tordu : il sauve l'amour par l'amour. L'homme en question est un bon garçon. Il a aimé sa femme pendant des années, et puis voilà, il n'avait pas prévu que ça lui tomberait dessus... Est-il vraiment coupable ? Afin de se disculper, du moins à ses propres yeux, il se joue la comédie de l'amour. « Je suis amoureux », pleurniche-t-il devant ses amis en évoquant cette secrétaire beaucoup plus sensuelle que sa femme (pour laquelle il garde malgré tout une « infinie tendresse »). Il divorce et se remarie. Pour lui, comme dirait Roth, l'infidélité, c'est le « recrutement d'une nouvelle épouse ».

3) Le scénario pathétique.

Il consiste à être infidèle et à le regretter immédiatement. L'homme en question viendra alors se jeter aux pieds de sa femme pour lui demander pardon. Il l'en aimera davantage, se fera mépriser d'elle, et sa culpabilité sera le nouveau terreau de son amour comme de sa fidélité restaurée. Prix à payer : la honte et la laideur.

4) Le scénario bourgeois.

Il implique une part de dissimulation permanente. C'est une situation de compromis qui a fait ses preuves au cours du XIXe et du XXe siècle, mais qui ne tient la route que jusqu'au jour où, à la faveur d'une maladresse, la vérité apparaît. En fonction de la psychologie de la femme, l'issue de ce scénario peut aller de la rupture immédiate jusqu'à l'indifférence, et donc à la reconduction tacite de la situation.

Nicolas soupire : chacun des scénarios lui donne la nausée.

8

Mais ces questions sont-elles propres aux hommes, comme semble le suggérer Sofia ? Pour autant qu'il peut en juger, le problème se pose en des termes identiques pour tout le monde. Alors pourquoi a-t-il l'impression que Pauline y est étrangère ? Quand elle écoute

Sofia raconter ses nombreuses aventures, elle ne la juge pas ; elle ressent même une certaine excitation – celle de la multitude sans visage – mais elle sait qu'elle n'est pas faite pour ça. Elle est trop sentimentale et n'envisage pas le sexe autrement que comme une confirmation de l'amour. Ses rêves vont s'échouer sur d'autres rives : si elle ferme les yeux, elle s'imagine vieillir aux côtés de Nicolas. C'est en tout cas ce qu'elle lui a dit, quelques jours auparavant, alors qu'ils se promenaient sur les bords de la Seine. Elle se voyait déjà, les cheveux blancs, la peau ridée, au bras de celui qu'elle aime, et cette vision lui paraissait magnifique. « À mon avis, tu seras un très beau petit vieillard », avait-elle ajouté avec un sourire tendre. L'espace d'un instant, il l'avait détestée pour cette phrase ; il se voyait déjà comme ces morts de Verdun : accablé par *l'inutilité du sacrifice*.

Un peu plus tôt dans la journée, alors qu'elle se préparait pour le dîner, Pauline était tombée parmi ses affaires sur une perruque synthétique dont elle avait oublié l'existence ; immédiatement le souvenir lui était revenu d'une ancienne soirée pour laquelle elle avait été contrainte de se déguiser. Elles avaient été plusieurs, ce soir-là, à porter la même perruque : rose, presque fluorescente, coupée au carré, avec une frange très dessinée, comme on en trouve dans les cabarets. Qu'avaient-elles fêté alors ? Était-ce leur diplôme ? La fin de leur première année ? Elle n'en était plus tout à fait certaine.

Devant le miroir, elle n'avait pas pu s'empêcher de l'essayer, et elle avait été surprise de la métamorphose qui avait eu lieu sous ses yeux : avec cette perruque, elle avait la sensation d'être une autre femme. D'ailleurs, quand Nicolas était apparu dans son dos, il ne l'avait d'abord pas reconnue. Elle s'était tournée vers lui, et un sourire avait illuminé son visage. « Tu as vu ce que j'ai retrouvé ? »

Elle était belle, mais cette beauté avait la teinte aguicheuse du vice : l'artifice lui conférait une dimension érotique inattendue. Il s'était encore approché d'elle et, envahi par une pulsion qui l'avait lui-même surpris, il s'était mis à genoux devant elle et avait dégrafé sa jupe.

« Qu'est-ce que tu fais ? »

Il avait le sentiment de la voir pour la première fois. Cette perruque avait soudain révélé ce pouvoir de toute femme d'être subitement *une autre*. Il avait fait glisser sa culotte blanche le long de ses jambes ; son sexe clair était apparu, ainsi que son odeur d'automne ; et il s'était mis à la sentir, puis à la lécher.

« Je ne savais pas qu'une perruque pouvait te faire autant d'effet », lui avait-elle dit un peu plus tard avec un sourire amusé, mais perplexe, comme si elle entrevoyait, pour la première fois, qu'il pourrait tout aussi bien coucher avec une autre femme.

9

Il est toujours dans sa cuisine, le front collé à la vitre, et il repense à ce dîner. Au fond, la liberté avec laquelle Sofia a revendiqué son hédonisme l'a déstabilisé. C'est avec ce genre de femmes qu'il aurait dû vivre. Il aime Pauline, mais elle place l'amour tellement haut qu'il lui arrive d'avoir le vertige. Avec Sofia, il aurait été heureux.

Pour chasser ses pensées contradictoires, Nicolas essaie de se souvenir des premiers mois de son histoire avec Pauline ; quelques images apparaissent (leur premier voyage en Italie, leur emménagement dans cet appartement, une nuit passée à Chartres, quelques moments joyeux) : ces images se confondent entre elles dans un ensemble plus vaste, qu'il pourrait intituler « les débuts », dont il a le sentiment qu'il se trouve maintenant derrière eux.

Il prend sa tasse de café et va dans son petit bureau. Il s'assoit et allume son ordinateur. Il n'a rien d'autre à faire de la journée que d'écrire ; pour prendre du courage, il contemple l'affiche originale de *Voyage en Italie* que lui a offerte Pauline pour son anniversaire. À sa sortie en salle, ce film a beaucoup impressionné la nouvelle génération. Truffaut estimait que c'était le premier film moderne, et Rivette y voyait une œuvre importante parce que « représentative de son époque ». Nicolas aimerait bien, lui aussi, faire un film dont on puisse dire quelque chose de semblable. Encore faudrait-il qu'il sente, *profondément*, ce qui caractérise l'époque dans laquelle la grande loterie de l'Histoire l'a fait naître.

Il repense alors à une anecdote sur Cioran que Pauline lui a racontée quelques jours auparavant. Cela fait plusieurs années qu'elle se passionne pour la Roumanie. Elle a eu l'occasion d'y aller pour son travail et considère depuis, contre l'évidence, que Bucarest est une des plus belles villes d'Europe. Cioran, lui, bien qu'ayant étudié à Bucarest, a passé la plupart de sa vie à Paris. Un soir – l'histoire doit se passer dans les années 80 – Claude Gallimard l'invite à dîner en compagnie de plusieurs écrivains (dont Milan Kundera et Philippe Sollers). Cioran est un auteur très pessimiste, mais il était plutôt agréable dans la vie, et c'était souvent vers lui, paradoxalement, qu'on venait chercher du réconfort. On a l'impression qu'il a passé son temps à recommander le suicide dans ses livres, et à le déconseiller dans la vie – en tout cas, l'auteur de *Sur les cimes du désespoir* n'avait pas la réputation d'être un convive désagréable. Ce soir-là, pourtant, devant tous les invités de Gallimard, il ne dit pas un mot. Ni pendant l'entrée. Ni pendant le plat principal. Il faut attendre le dessert pour qu'il prenne enfin la parole.

« De toute façon, lance-t-il sans transition, l'événement le plus important de la seconde moitié du XXe siècle, c'est... »

Tout le monde est surpris par son intervention. On se tait pour écouter la suite. Oui ? Qu'est-ce que c'est ? La décolonisation ? La libération sexuelle ? Le triomphe du capitalisme ? Voilà un début de phrase qui donne vraiment envie d'en savoir plus... Mais Cioran prend son temps. Il toussote. Il cherche ses mots. Avant de finalement reprendre : « Oui, l'événement le plus important de la seconde partie du XXe siècle, c'est *le rétrécissement progressif des trottoirs*. »

L'assemblée sourit, un peu gênée, comme s'il s'agissait d'une plaisanterie. Comment peut-on sérieusement considérer que le rétrécissement des trottoirs est l'événement le plus important de la seconde partie du XXe siècle ? Et pourtant, en y repensant, cette transformation affecte plus directement nos vies quotidiennes que la plupart des grands événements dont nous nous empressons de dire qu'ils font l'Histoire.

Des murs chutent, des tours s'effondrent, mais dans quelle mesure ces événements changent-ils nos vies ? En revanche, à travers le rétrécissement des trottoirs, c'est notre relation à la rêverie qui est bouleversée en profondeur. Si nous ne flânons plus, nous ne pouvons plus contempler le monde de la même façon, et notre rapport au temps – comme à la promenade, à l'amour ou à la beauté – s'en trouve irrémédiablement modifié. Voilà sans doute ce que voulait dire Cioran ce soir-là : les changements les plus profonds d'une époque ne sont pas forcément les plus spectaculaires, mais se cachent bien souvent dans l'ombre des choses anodines.

Pour faire une œuvre « représentative de son époque », il faudrait donc se demander quel est l'événement le plus important du début du

XXIe siècle. Est-ce justement, comme le suggérait ce soir-là le metteur en scène, *la disparition progressive de la notion de sacrifice* ?

10

Pendant que le metteur en scène racontait ses histoires polonaises, Nicolas avait clairement noté que Sofia pensait à autre chose. Pourtant, il s'agissait de son pays, de son passé ; mais elle semblait comme absente. Parce que tout le monde s'en était rendu compte, elle s'était justifiée d'une façon étonnante : « Vous savez, on nous a élevés dans un déni total. Je ne sais pas si vous pouvez imaginer, mais quand j'étais à l'école, dans les cours d'histoire, il n'y avait aucune trace de la Shoah. Ça n'existait pas. Parce que tout le monde, dans ce pays, avait intérêt à taire la vérité. Je ne parle pas des années 50, je parle des années 90 ! Alors forcément, quand j'ai découvert ce qui s'était passé, comme tous ceux de ma génération je me suis passionnée pour tout ça. J'en faisais même des cauchemars la nuit. Et puis, soudain j'ai décidé que ce n'était pas ma vie. J'ai voulu repartir de zéro. Sans mémoire... »

À l'inverse, Krystoff était obsédé par la vérité historique, et tous ses spectacles tournaient autour de ces sujets : la culpabilité, le meurtre, le sang, le sacrifice... Sofia pensait que ça ne servait à rien de répéter à l'infini les mêmes choses ; elle préférait le bonheur. « Ma façon de résister, disait-elle, c'est de profiter de la vie ! » Elle en profitait d'ailleurs peut-être un peu trop. Quelques jours auparavant, une femme avait débarqué chez elle et lui avait donné une gifle, en lui disant qu'elle avait intérêt à ne plus tourner autour de son mari. « Vous vous rendez compte ? Comme si c'était de ma faute... » En l'occurrence, il s'agissait d'un homme qu'elle voyait de temps en temps, sans que cela porte à conséquence. Selon elle, sa femme n'avait aucune raison d'être jalouse. Et encore moins violente. Pourquoi ne comprenait-elle pas qu'une telle relation ne la mettait aucunement en danger ?

Nicolas était fasciné par Sofia. Il se disait : « Elle et moi, nous parlons *la même langue*. »

Il se relève alors de son bureau, la tête pleine de ces pensées, et se dirige vers le salon. Pauline a laissé traîner son calepin rouge dans lequel elle note les coordonnées de tous ses amis ; celles de Sofia doivent y figurer. Il imagine un moment lui envoyer un texto. Accepterait-elle de le voir en cachette ?

« J'ai rêvé de toi, lui écrirait-il.

— Ah, bon ? Je n'étais pas trop méchante au moins...

— Non, non. Au contraire.

— Mais je n'étais pas trop gentille quand même ? »

Nicolas sort brusquement de sa rêverie, effrayé par sa propre monstruosité. Comment peut-il penser à de telles choses ? Il prend le téléphone fixe avec une urgence qu'il aurait du mal à définir, et appelle Pauline à son bureau. Elle décroche à la première sonnerie. Elle ne peut pas lui parler : elle n'est pas seule et doit régler un problème urgent. Que veut-il lui dire ? Rien de grave, au moins ?

Non, non. Rien de grave.

Il voulait juste lui dire qu'il l'aime.

Il l'entend sourire, à l'autre bout du fil.

« Moi aussi », répond Pauline en chuchotant, et elle raccroche.

11

Ludwik Zamenhof était un ophtalmologue de Bialystok (Pologne). À la fin du XIXe siècle, constatant que les tensions entre les communautés tenaient essentiellement au fait qu'ils ne parlaient pas *la même langue*, il eut l'idée d'inventer un moyen de communication neutre, susceptible d'améliorer la compréhension entre les individus. Il travailla pendant plus de dix ans à l'invention d'une langue nouvelle, qu'il baptisa : « espéranto ».

Il publia ensuite *Unua Libro*, la première grammaire de cette langue internationale, savant mélange de toutes les langues européennes et dont il a été prouvé par la suite qu'elle est, par conséquent, l'une des langues les plus faciles à apprendre. Il faut imaginer qu'à cette époque, la Pologne n'existait pas en tant qu'État : elle était partagée entre l'Autriche, la Prusse et la Russie. À Bialystok, il y avait donc des Polonais, des Russes, des Allemands et des Juifs – une combinaison peu propice à la paix sociale. C'est en observant ces tensions entre les peuples que Zamenhof a eu l'intuition d'inventer une langue que tout le monde parlerait, une langue qui, n'étant celle de personne, pourrait devenir celle de tout le monde.

Il a dix-neuf ans quand il commence, parallèlement à ses études de médecine, à rédiger la grammaire de l'espéranto. Après ses premières publications, quelques années plus tard, son projet prend de l'ampleur, et Tolstoï lui envoie une lettre d'encouragement. Malgré la censure tsariste, des sociétés d'espéranto se créent un peu partout en Europe et, en 1905, le premier congrès international de l'espéranto est organisé à Boulogne-sur-Mer (France). J'imagine l'ambiance électrique de ce congrès. Des utopistes de tous les pays européens s'étaient rassemblés. Ils pensaient sincèrement que, d'ici une à deux générations, tout le monde parlerait cette langue et que les hommes sortiraient de leurs pulsions meurtrières.

Zamenhof a fait un discours lors de ce congrès. Quelque part dans l'assemblée, il y avait sans doute sa femme, enceinte et fière de lui. Il parlait de fraternité, de réconciliation et de paix – le public applaudissait à tout rompre. Dix ans plus tard, la Première Guerre mondiale éclatait.

Il meurt en 1917, au moment précis où, le tsar étant tombé, Lénine prend son train blindé à travers l'Europe pour Petrograd. Mais ce n'est pas la fin de l'espéranto. Zamenhof a eu trois enfants : un garçon et deux filles. Ils enseignent la langue et donnent des conférences à travers l'Europe pour la promouvoir. Vient alors le temps de Staline, puis celui d'Hitler : tous les deux se méfient de cette histoire de langue internationale. Hitler a même écrit, dans *Mein Kampf*, que l'espéranto était « la langue de la conspiration juive ». Une nouvelle fois, la Pologne disparaît de la carte, dévorée à l'ouest par l'Allemagne, à l'est par la Russie, et la Gestapo reçoit l'ordre de s'occuper de la famille Zamenhof. Le fils est abattu en janvier 1940, tandis que ses deux sœurs meurent deux ans plus tard à Treblinka.

12

Mais parler la même langue suffit-il pour éviter les malentendus ? Ce jour-là, Nicolas est dans un café, sur le boulevard Montparnasse, et il boit une bière. Accoudé au bar en zinc, sous le regard éteint du propriétaire, il se fait l'effet d'un personnage de film du siècle dernier. La veille, il a fini son scénario. Il a d'abord ressenti une grande joie, qui a rapidement laissé place à une grande inquiétude. Il ne sait pas ce que vaut son travail, et cela fait tellement de temps qu'il en parle (à Pauline, à ses amis et, finalement, au monde entier) qu'il ne peut pas se permettre d'avoir écrit quelque chose de médiocre.

Il a laissé le scénario sur la table basse du salon, et il est sorti se promener. En réalité, il est tout de suite entré dans ce café, et il attend. Il pense au fait que Pauline est sans doute en train de le lire, et il regrette déjà certaines pages, certaines facilités, et pourquoi a-t-il appelé son héros « Nicolas » ? Ne va-t-elle pas penser qu'il parle de lui dans ce film ? Et s'il parle de lui, alors c'est aussi d'elle qu'il parle ? Pauline est une femme intelligente. Elle fera la distinction entre la vérité et la fiction. Non ? Mais si... Regardez les femmes de Picasso (Espagne). Est-ce qu'elles se sont ulcérées en découvrant qu'elles étaient représentées avec le nez de travers ? Elles savaient que l'art ne propose jamais une reproduction fidèle de la réalité, mais qu'il la déforme volontairement. C'est précisément ce décalage qui donne à l'art son intérêt. Aucune femme de Picasso n'est allée le trouver, que je sache, pour lui dire : « Alors Pablo, c'est comme ça que tu me vois ? La gueule toute de travers ? Et qu'est-ce que c'est que ce sein qui m'a poussé dans le dos ? Et cette nageoire à la place du nez ? Tu trouves que je suis mal foutue, c'est ça ? De toute façon, je ne sais pas comment tu pourrais le savoir, puisque tu ne me regardes plus ! Non, tu ne me regardes plus ! Sinon, tu ne m'aurais pas fait cette tête aplatie ! Et cette jambe qui me sort des omoplates ! Regarde à quoi je ressemble sur tes toiles ! Qu'est-ce que les gens vont penser ? Que je suis un monstre... Oui, c'est ce qu'ils se diront, Pablo, et tout ça par ta faute, et je te déteste, et je te quitte ! »

En début de soirée, Nicolas pousse courageusement la porte de l'appartement. Pauline est dans la cuisine en train de parler au téléphone. Nicolas fronce les sourcils : c'est mauvais signe... Elle pourrait quand même raccrocher. Il va dans la salle de bains pour se brosser les dents. De loin, il entend la conversation de Pauline. Elle a sans doute détesté le scénario. Il va dans leur chambre et s'allonge sur le lit. Pourquoi Pauline ne vient-elle pas le voir ? Elle le connaît, elle peut lui parler sincèrement, lui faire des critiques sur son travail, mais pourquoi le torture-t-elle ainsi en le faisant attendre ? De toute façon, elle n'y connaît rien, au cinéma.

Une demi-heure passe avant qu'elle n'entre dans la chambre.

« Qu'est-ce que tu fais ? Tu n'es pas prêt ? »

Nicolas la regarde sans comprendre de quoi elle parle.

« On dîne chez Sébastien ce soir.

— Première nouvelle...

— Comment ça, première nouvelle ? Je te l'ai dit hier.

— Je regrette, tu ne me l'as jamais dit.

— Bien sûr que je te l'ai dit. »

S'il commence à se souvenir qu'en effet, elle lui a parlé de ce dîner, Nicolas est trop blessé par son silence pour ne pas affirmer :

« Je te promets que tu ne m'as jamais parlé de ce dîner !

— Bon. Eh bien, dépêche-toi, il faut qu'on parte dans moins d'une demi-heure... »

« Quelque chose ne va pas ? lui demande-t-elle, une fois dans un taxi.

— À ton avis ? »

Elle fait mine de ne pas comprendre.

« De quoi tu parles ? » insiste-t-elle.

Décidément, elle n'en manque pas une.

« Je te parle de mon scénario. Cela fait des mois que je travaille dessus.

— Oui, je sais. Et alors ?

— Et alors ? Je te l'ai donné tout à l'heure. J'aurais bien aimé que tu m'en dises au moins un mot. Juste un mot. Même si c'est un mot désagréable...

— Mais je ne l'ai pas encore lu !

— Tu ne l'as pas lu ?

— Non... Tu me l'as donné tout à l'heure, je n'ai pas eu le temps.

— Tu n'as pas eu le temps ? Tu as eu tout l'après-midi...

— J'avais plein de choses à régler. Pourquoi tu me parles comme ça ? Je vais le lire, ton scénario. Je vais même le lire dès demain.

— On n'est pas pressé... Tu n'as qu'à le lire la semaine prochaine, si ça t'arrange... Ou cet été.

— Tu es chiant, Nicolas ! Pourquoi tu es agressif ? Tu sais très bien que j'ai très envie de lire ce que tu as fait...

— On ne dirait pas...

— Arrête, s'il te plaît... Tu le sais très bien. Seulement, je n'ai pas encore trouvé le temps.

— Je comprends que tu aies des priorités...

— Écoute, tu as mis neuf mois à l'écrire, j'ai le droit de mettre vingt-quatre heures à le lire, non ? »

Le taxi s'arrête à l'adresse indiquée. Pauline s'apprête à descendre.

« Vous pouvez laisser tourner le compteur, dit-il au chauffeur.

— Pourquoi ? Qu'est-ce que tu fais ?

— Je ne vais pas dîner avec tes amis. Je rentre à la maison.

— Pourquoi ? Allez viens, arrête de...

— De *quoi* ? Je te dis que je rentre. »

Elle claque la portière, et il indique au chauffeur leur adresse. Retour à la case départ. Mais il regrette déjà son attitude. Il ferme les yeux et s'imagine arrêter le taxi, courir pour la rejoindre, monter dans l'ascenseur juste avant que les portes ne se referment. Elle serait là, en face de lui, les yeux à espérer, et il lui dirait seulement : « Pardon, pardon, je suis désolé. J'ai trop bu et je suis très nerveux... J'ai tellement peur de te décevoir... » Et ils s'embrasseraient, et elle lui dirait : « Je le lirai cette nuit. Je suis sûre que c'est très beau... »

13

Encouragé par Pauline, qui l'a en effet trouvé « très beau », bien qu'un peu « étrange dans sa forme », Nicolas a envoyé son scénario à plusieurs producteurs en croisant les doigts. Il s'imagine déjà en train de marcher sur les mains pour convaincre son actrice principale de changer de coiffure. Mais les semaines passent sans qu'il ne reçoive de réponse, et il commence à comprendre que les choses seront plus difficiles que prévu ; il est alors pris de découragement, et Pauline ne sait plus quoi lui dire.

Mais il finit par recevoir l'appel d'un producteur qui aimerait lui parler « aussi vite que possible », et ils conviennent d'un rendez-vous. Nicolas n'en revient pas. « Ça y est », se dit-il. « Ça y est ! » Le soir même, il invite Pauline au restaurant et lui répète au moins dix fois qu'il l'aime. Elle est amusée par son enthousiasme, et elle l'embrasse longuement à la sortie de La Rotonde.

« Est-ce que tu me quitteras quand tu auras fait ton film et que tu fréquenteras des actrices ?

— Arrête de dire n'importe quoi…

— Tu me quitteras ? »

Le producteur s'appelle Jean Meyer, et ses bureaux se trouvent près de la place de la République. Nicolas est arrivé dans le quartier avec une heure d'avance. Quand il sonne enfin à la porte de la production, une jeune femme souriante apparaît et lui demande de la suivre.

Il est tendu comme jamais. Au bout d'un long couloir, Jean Meyer l'attend, les bras grands ouverts. Il a lu son scénario ; il n'y a pas de doute, Nicolas *sait écrire des dialogues* ! C'est pourquoi il a pensé à lui. Voilà. Il est en train de développer un projet auquel il croit beaucoup, et il voudrait lui proposer d'en écrire les dialogues. Nicolas est un peu surpris, il ne s'attendait pas à ce genre de proposition, et tente de remettre son scénario au centre de la discussion, mais le producteur en revient toujours à son fameux projet. « C'est un film d'animation ! lui dit-il, comme s'il lui annonçait une grande nouvelle. Un film d'animation sur la guerre que se livrent à Paris les mouettes et les pigeons...

— Pardon ?

— Vous n'avez pas remarqué qu'il y a de plus en plus de mouettes à Paris ?

— Euh... non.

— Il y a en a de plus en plus. C'est un fait. Elles viennent du Havre. Elles suivent les péniches et se retrouvent comme des connes à Paris. Sauf que Paris, c'est le territoire des pigeons ! Je ne sais pas si vous le savez, mais ces deux animaux ne peuvent pas se supporter...

— Non, je... je l'ignorais.

— C'est simple : ils n'arrêtent pas de se battre... C'est la guerre ! D'où l'idée. Le héros est une mouette, mais grise. Au Havre, tout le monde se moque de lui parce qu'il n'a pas la bonne couleur. Il se sent différent des autres. Alors, pour se faire bien voir auprès de ses copains, il décide de suivre une péniche le plus loin possible, malgré l'interdiction de ses parents, et c'est comme ça qu'il se retrouve...

— À Paris.

— Exactement ! Tu as tout compris ! Et là, forcément, comme il est gris, les pigeons le prennent pour l'un des leurs, et il va infiltrer la société des pigeons. Tout le monde l'admire, parce qu'il vole très vite. C'est comme ça qu'il va rencontrer une pigeonne dont il va tomber amoureux, etc. Tu vois le truc ? Ce que je voudrais, c'est une sorte de *Roméo et Juliette* chez les pigeons...

— Mais ce serait pour les enfants ? demande Nicolas, dépité.

— Pas seulement. Disons que c'est un film familial. Qu'est-ce que tu en dis ? Il me faudrait quelqu'un comme toi pour écrire cette histoire...

— Et mon scénario, vous l'avez lu ?

— Oui, oui.

— Et ça ne vous a pas plu ?

— Beaucoup. Mais on ne pourra jamais le financer. Ça, c'était le cinéma du siècle dernier. Maintenant, c'est différent : il nous faut de *vraies histoires*... Avec un début, un milieu et une fin. »

En sortant du rendez-vous, Nicolas ne sait plus quoi penser. Il est à la fois déprimé, comme si quelqu'un venait de piétiner son dernier rêve, mais il ne peut s'empêcher de nuancer son désœuvrement : après tout, c'est la première fois qu'on lui propose de le payer pour écrire une histoire. Ne devrait-il pas se dire que c'est une étape de franchie ? Il marche un long moment dans Paris et, même s'il connaît très bien les quartiers qu'il traverse, il se sent complètement perdu.

14

Ce soir-là, Pauline étant partie deux jours à Madrid (Espagne) pour le travail, Nicolas se rend seul à l'anniversaire d'une amie dans un hôtel de Pigalle. Alors qu'il est au bar en train de commander un verre de vin, une main se pose sur son épaule : il se retourne et aperçoit une jeune femme brune qu'il ne reconnaît pas. Elle se met à rire et lui dit qu'elle vient de se couper les cheveux court. C'est sans doute pour ça qu'il ne la reconnaît pas. Victoria. Ils étaient ensemble au lycée et ne se sont croisés qu'une ou deux fois depuis. Victoria ? Ah oui ! Que devient-elle ? Elle lui explique qu'elle est venue faire des photos à l'étage ; elle est descendue un instant pour se changer les idées (le photographe est en train de se disputer avec son assistant pour une histoire de lumière, et elle avait envie d'une cigarette). « Tu es mannequin ? » lui demande Nicolas, sans trop y croire. Elle sourit ; elle sait qu'elle ne correspond pas vraiment à l'image que l'on se fait généralement des filles qui posent devant des photographes, et d'ailleurs, elle ne le fait que rarement. La plupart du temps, elle travaille dans une galerie d'art. Mais il lui arrive, quand l'occasion se présente, de faire des photos, oui. Malgré ses rondeurs – ou plutôt, grâce à elles : il s'agit d'une campagne pour des sous-vêtements. « Ah ? Super ! » commente Nicolas, qui ne trouve rien d'autre à dire, et instantanément il essaie de l'imaginer en petite culotte dans une chambre d'hôtel.

Ils restent un instant l'un en face de l'autre, puis elle lui dit qu'elle va y aller. Ils s'embrassent, et elle se dirige vers la sortie, une cigarette à la main. Nicolas retourne à la fête, se mélange à ses amis, mais ne parvient pas à oublier cette apparition. D'autant qu'il reçoit un texto, une ou deux heures plus tard : « Toujours là ? Tu finis à quelle heure ? Un verre ? »

Il se demande comment elle a eu son numéro de téléphone. Il reste un moment sans bouger devant son portable, tétanisé par l'incendie qu'un tel message vient d'allumer.

Lui : « Pourquoi pas ? »

Elle : « On est en train de finir. Tu me rejoins ? »

Lui : « Où ? »

Elle : « Chambre 201. Bises. »

15

Nicolas a maintenant des allures d'agent secret. Il longe les murs, fait en sorte de quitter l'anniversaire sans être repéré et se précipite avec discrétion dans les escaliers. Son cœur bat, ce qui prouve deux choses : qu'il est vivant et qu'il a conscience de faire une connerie. Il monte au deuxième étage sans pourtant savoir ce qui l'attend : après tout, il n'a été question que de prendre un verre.

La porte de la chambre 201 est entrouverte. Nicolas frappe timidement, et c'est un homme qui lui ouvre. « On vient juste de finir », lui dit-il. Victoria est en petite culotte ; elle cache ses seins avec son bras. Elle dit : « Ah, tu es là ? Je te présente Baptiste. Nicolas. Un ami. Tu veux quelque chose à boire ? Sers-toi, le temps que je me change… » Sur une petite table, une bouteille de champagne est déjà ouverte. Victoria disparaît dans la salle de bains, et Nicolas se retrouve seul avec le photographe. Il a alors la tentation de partir, mais se contente de consulter ses mails sur son portable en attendant que le photographe ait fini de ranger son matériel. « Normalement, j'ai un assistant, assure-t-il.

— Ah, bon ?

— Oui… Mais on s'est disputés.

— Ah ?

— Pour une histoire de lumière. Rien d'intéressant…

— Je comprends.

— Et toi, tu es dans l'art ?
— Euh... oui et non. Je suis scénariste... »
Nicolas s'attend à ce que le photographe lui demande sur quel genre de projet il travaille en ce moment. Ira-t-il jusqu'à lui expliquer la guerre qui divise les pigeons et les mouettes ? Lui confiera-t-il le trouble identitaire qui détruit de l'intérieur son personnage principal, une mouette grise ? Et que dire de la déchirante histoire d'amour qui est en train de naître entre deux oiseaux que rien ne prédisposait l'un à l'autre ? Heureusement le photographe hoche la tête et ne lui pose aucune question.

Victoria réapparaît enfin, et le photographe annonce qu'il va devoir y aller. Ils s'embrassent, et les voilà enfin seuls dans la chambre 201.

« Ça va ? Je n'ai pas été trop longue ?
— Non, non... »

Elle ne s'est pas vraiment rhabillée ; tout juste a-t-elle enfilé un peignoir blanc. Pourquoi a-t-elle mis autant de temps ?

« Je me demandais si tu allais monter..., reprend-elle.
— Moi aussi.
— Mais finalement, tu es là.
— Oui.
— Et moi aussi. Je suis là.
— C'est fou. »

Ils sourient. Mais Nicolas sent bien qu'il n'est pas à l'aise.

« Ça fait longtemps, hein ?
— Oui. Tu ne bois pas ?
— Non, merci. Je n'aime pas trop le champagne...

— Ah ? Ça ne t'embête pas si je me sers une coupe ? »

Elle s'avance vers le seau ; en passant devant lui, leurs genoux se frôlent. Il lui demande alors comment elle a eu son numéro de téléphone, et elle se contente de hausser les épaules, avant d'ajouter : « Ce n'est pas très difficile... J'ai demandé à Sylvain. Il m'avait dit qu'il te voyait parfois... »

Finalement, Nicolas se sert une coupe de champagne.

« Alors, c'était quoi, cette séance de photos ?

— Je te dis, c'était pour une publicité.

— Ah oui ?

— Oui. Une publicité pour les sous-vêtements. »

Elle s'assoit dans le fauteuil en face de lui ; elle croise les jambes ; Nicolas essaie de garder son calme et boit une gorgée pétillante.

« Aujourd'hui, ils m'ont fait porter des trucs impossibles...

— Ah bon ? Du genre ?

— Tu veux voir ? » lui demande-t-elle.

16

En sortant de l'hôtel, sous l'effet de la culpabilité, il envoie tout de suite un texto à Pauline : « Tu as de la chance d'être à Madrid, ici il n'arrête pas de pleuvoir. L'anniversaire de

Marie était nul. Je rentre à la maison. Je t'embrasse. » Mais au moment où il pénètre dans un taxi, son pied dérape du trottoir ; dans le caniveau, l'eau de la pluie a formé un minuscule torrent, et son pied est maintenant trempé. Est-ce un signe ?

Alors que le taxi le ramène chez lui, il se repasse le film de la soirée et se dit que le monde a radicalement changé à partir du moment où les gens se sont équipés en téléphones portables. Il y a encore dix ans, il ne se serait jamais retrouvé dans cette chambre avec Victoria et, même s'ils en avaient éprouvé le désir, ils ne seraient pas allés l'un vers l'autre. Bien sûr, l'audace n'est pas une donnée nouvelle dans l'histoire de l'humanité, et le désir a toujours su trouver des moyens de se faire entendre. Mais ce moyen n'a jamais été aussi accessible et, par conséquent, les sollicitations auxquelles est soumis un individu aussi fréquentes. C'est un changement microscopique auquel on s'est très vite habitué, mais qui a de très nombreuses répercussions sur la vie quotidienne : *le marivaudage est aujourd'hui technologique*.

Est-ce l'événement le plus important de la première partie du XXIe siècle ? On pourrait évidemment considérer qu'il s'agit d'un équipement supplémentaire se rattachant à la longue histoire des biens technologiques et domestiques (qui comprend également les frigidaires, la télévision, les machines à laver…). Ce n'est pourtant pas le cas : à partir de là, tout a changé – même la valeur des mots. Depuis que nous avons des portables, nous n'avons plus la même façon de nous parler, de nous aimer, de nous rencontrer, de nous quitter. Le XXIe siècle n'a pas commencé le 11 septembre 2001, comme on l'entend souvent dire et comme les livres d'histoire le suggéreront probablement, mais au *moment précis* où, les uns après les autres, nous sommes entrés dans un magasin de téléphonie pour acheter notre premier portable. C'est donc la première fois que nous ne rentrons pas *au même instant* dans un nouveau siècle et que, par conséquent, nous y entrons *individuellement*.

En ce qui concerne Nicolas, il s'en souvient très bien, il est entré dans le XXIe siècle un après-midi d'octobre 2001, rue de Rennes, vers dix-sept heures ; c'était un petit appareil gris, Sony, avec une option vibreur ; il était tout content ; il ne se doutait pas de tout ce que cela impliquerait.

17

Tout ce que cela implique : quelques jours plus tard, alors que Pauline veut consulter une photo qu'il a prise avec son téléphone, elle tombe par accident sur la courte correspondance qu'il a eue avec Victoria (Un verre ? » — « Pourquoi pas ? » — « Tu me rejoins ? » — « Où ? » — « Chambre 201. Bises. »)

Elle ose à peine y croire. Nicolas sort au même moment de la cuisine et la voit blême et figée ; il comprend qu'elle a vu quelque chose qu'elle n'aurait pas dû voir, et il se précipite sur son téléphone.

« Qu'est-ce que c'est ? lui demande Pauline.

— Rien.

— Comment ça *rien* ? »

Elle lui reprend le téléphone des mains et lit la correspondance à voix haute. Ce n'est pas vraiment du Héloïse et Abélard.

Nicolas lui promet qu'il ne s'est rien passé et qu'elle doit d'abord l'écouter avant de tout de suite partir dans des interprétations tendancieuses.

« Je t'écoute », lui dit-elle, en tentant de se calmer.

Il ne conteste pas qu'il ait eu cet échange avec une fille qui s'appelle Victoria. C'est une amie qu'il n'avait pas revue depuis longtemps. Elle organisait une petite fête dans une des chambres de l'hôtel, le soir où il s'était rendu à l'anniversaire de Marie. Quand ils se sont croisés dans le hall, elle lui a proposé de venir boire un verre avec ses amis et, plus tard, elle lui a envoyé ces messages.

« Et qu'est-ce qui s'est passé ensuite ?

— Ensuite, je suis monté dans cette chambre parce que l'anniversaire de Marie était nul et, c'est vrai, j'ai bu un verre avec eux. Mais je ne connaissais personne, et je suis vite parti.

— Et tu voudrais que je te croie ?

— Oui. »

Nicolas la supplie de lui faire confiance, elle doit savoir à quel point il l'aime, à quel point ce serait terrible de ne pas le croire – enfin, merde, elle ne va pas tout foutre en l'air à cause de trois textos ! Et la tempête passe. Mais Pauline est maintenant pleine de doutes. Que s'est-il passé dans la chambre 201 ? Le lendemain, elle déjeune avec Sofia et lui raconte leur dispute.

« Tu devrais lui demander pardon, lui répond Sofia.

— Pardon ?

— Oui. Après tout, c'est toi qui as fouillé dans ses affaires...

— Je n'ai pas fouillé ! Je suis tombée dessus par accident.

— De toute façon, il est toujours avec toi, non ? Il t'aime ? Alors ?

— Je suis sûre qu'il a couché avec cette fille... J'en suis sûre.

— Rien ne le prouve.

— Ça se voyait dans son regard...

— Et au pire, ce n'est pas un drame.

— Pour toi, peut-être pas. Mais tu peux comprendre que je me sente trahie...

— Tu ne l'es pas, Pauline. Tu le serais s'il te quittait pour cette fille, ou s'il éprouvait quelque chose pour elle. Ce n'est apparemment pas le cas. Bon. Imaginons qu'il ait couché avec elle. Très bien. Il s'est fait plaisir, et je comprends que ce ne soit pas très agréable pour toi. Mais où est le mal ? Où est la tragédie ? Je veux dire... C'est à peu près la même chose que s'il était allé jouer au tennis avec un ami.

Ce n'est pas forcément *contre* toi ! En quoi ça te met en danger ? »

Bien entendu, Pauline ne partage pas cette vision tennistique de l'amour. Pour elle, la fidélité est un principe qui a une valeur. Elle n'est pas naïve, elle connaît les hommes, et c'est précisément ça qui la fait souffrir : elle avait toujours pensé que Nicolas était différent des autres.

« Alors quoi ? Je devrais ne rien dire ?

— À mon avis, la seule chose que tu serais en droit de lui reprocher, c'est de n'avoir pas effacé cette correspondance sur son portable. Pauline, on ne doit pas exiger d'un homme qu'il dise la vérité. Ce serait utopique. En revanche, on peut exiger de lui qu'il soit discret. Voilà ce que je crois. »

Sofia aimerait l'aider à sortir de sa jalousie, car elle possède une qualité essentielle : la bonté.

« Je ne connais pas d'autres marques de supériorité que la bonté », disait Beethoven.

Mais aucun de ses arguments ne peut convaincre Pauline. En écoutant Sofia, je pense à la vision sartrienne de l'amour, et à la distinction opportune qu'il faisait entre les « amours nécessaires » et les « amours contingents ». Sofia estime que Pauline n'a pas à souffrir des amours contingents de Nicolas dans la mesure où elle a la certitude d'être pour lui un amour nécessaire. Sofia n'a jamais lu Sartre. La seule chose qu'elle soit capable de dire à son propos, c'est qu'il a écrit : « L'enfer, c'est les autres. » À part ça, elle ne connaît rien de cet auteur. C'est avec son bon sens qu'elle parle – d'où sa comparaison avec le tennis. Elle estime sincèrement que la fidélité est une aberration sur laquelle le couple occidental s'est construit, et qu'il est temps de changer notre façon de voir les choses.

18

Je n'ai jamais beaucoup aimé Jean-Paul Sartre.

À part un soir.

C'est un soir de juin, en 1929. Il fait chaud, et il se promène avec Simone de Beauvoir dans le jardin du Louvre qui, ce soir-là, est étrangement vide. À un moment donné, Jean-Paul propose à Simone de s'asseoir sur un banc. Il a quelque chose d'important à lui dire.

« Vous savez combien je vous aime...

— Oui, je le sais.

— Notre relation est très forte, mon castor, mais *pour combien de temps* ?

— Qu'est-ce que vous voulez dire par là ? » demande Simone, soudain inquiète.

Jean-Paul se racle la gorge.

« Je voudrais vous proposer un pacte.

— Un pacte ?

— Oui. Un pacte renouvelable tous les deux ans...

— Et qui consisterait en quoi ?

— Notre amour est un *amour nécessaire*, mais il faut que nous expérimentions aussi, à côté, des *amours contingents*.

— Des amours contingents ?

— Parfaitement. Des aventures. Des passions.

— Vous dites ça comme si c'était indispensable…

— Ça l'est. Le monde ne se laisse connaître, quand on est un homme, qu'à travers les femmes ; et, quand on est une femme, qu'à travers les hommes.

— C'est possible. Mais je ne vois pas comment un couple pourrait survivre à ces "amours contingents". Vraiment, je ne vois pas…

— Cela ne pourra tenir qu'à une seule condition : ne jamais se mentir.

— N'est-ce pas un peu dangereux ?

— Cela dépend de nous. Vous aurez des histoires avec des hommes, mais ce ne seront que des amours contingents, tandis que je resterai, moi, votre amour nécessaire.

— Mais vous vous sentirez trahi…

— Si vous ne me dissimulez rien, il n'y a aucune raison que je me sente trahi.

— Vous ne serez pas jaloux ?

— Non. Et je ne veux pas que vous puissiez l'être, vous. J'aurai des femmes, et je vous en parlerai. Je ne tricherai pas. Parce qu'il ne faut pas retomber, sous aucun prétexte, dans le vieux mensonge de l'amour bourgeois. Cela fait des siècles que cela dure. Il est temps d'en sortir… »

À ce moment-là, Simone est attirée par un petit miaulement. Elle se tourne et aperçoit un chat noir, coincé derrière le banc.

« Oh, regardez, un chat...

— Enfin, comprenez-vous, s'impatiente-t-il.

— Quoi ?

— Nous allons réinventer le couple, Simone ! »

19

Oui, ce soir-là, Sartre me plaît.

Il y a quelque chose d'émouvant dans cette promenade, dans ce jardin du Louvre et ce chat noir coincé derrière le banc. On dirait un colloque sentimental. Il faut imaginer qu'il n'a que vingt-quatre ans. Pourquoi ressent-il cette urgence à lui proposer un tel pacte ? Peut-être sait-il déjà qu'il aura besoin de posséder beaucoup de femmes dans sa vie, et qu'il faut inventer quelque chose pour que cela ne soit une souffrance ni pour lui ni pour elle. L'idée que la tricherie soit l'unique destination possible de l'amour a quelque chose d'insoutenable. Ce soir-là, je trouve que c'est un Sartre très poétique, très doux, et il me semble qu'il parvient à toucher une vérité à la fois simple et fondamentale.

À tous les scénarios évoqués plus haut, il faut donc ajouter *le scénario sartrien*.

Vu d'ici, à la distance des années qui nous séparent de ce soir de juin, alors que nous savons à quel point ce contrat a été bafoué par la suite, on peut y voir un arrangement un peu facile. Mais à cet instant, dans le jardin du Louvre, Simone de Beauvoir est séduite par son intelligence, par son raisonnement, et elle ne doute pas de la force de son amour. C'est pourquoi elle accepte le pacte.

A-t-elle eu raison ?

Je ne sais pas.

Ce sera donc un chapitre très court, intitulé :

« *Court chapitre en hommage à M. Jean-Paul Sartre, qui tenta d'inventer une langue commune entre les hommes et les femmes* ».

20

Mais Pauline n'est pas Simone de Beauvoir. Pour elle, *l'espéranto du couple* restera toujours une langue étrangère. Car elle n'est pas prête à se défaire de sa vision romantique de l'amour.

Les jours suivants, la tension entre les deux blocs est extrême. Pendant son absence, Pauline est obsédée par l'idée d'aller fouiller dans les mails de Nicolas. Elle sait qu'elle n'en a pas le droit et que le faire serait une trahison supplémentaire, mais elle ne parvient pas à penser à autre chose. Elle lui en veut mortellement. Elle ne croit pas un instant à l'histoire qu'il lui a racontée et se sent insultée dans son intelligence. Pourquoi ment-il ?

Elle se dit qu'en cherchant mieux, elle trouverait sans doute des preuves accablantes. Mais pourquoi cherche-t-elle des preuves ? Elle essaie de se persuader que la sagesse, c'est aussi d'accepter de ne pas voir certaines choses. Quel homme survivrait à l'examen attentif de ses mails ? « Je n'ai pas le droit de le faire », se répète-t-elle encore une fois en se dirigeant vers l'ordinateur de Nicolas.

Elle connaît son code secret. Pourquoi n'a-t-il pas fait en sorte de la protéger ? Il sait qu'elle a une tendance à être jalouse. Il aurait dû être plus prudent. Elle tape le code secret, mais il ne marche plus : Nicolas l'a changé. Son cœur se serre. Pourquoi l'a-t-il changé ? Il a donc quelque chose à se reprocher. Elle tente encore une fois, mais un petit message lui indique que le code n'est pas valide. Elle se dit : « Il me trompe. » Elle est atrocement malheureuse et a envie de vomir.

Elle est dans son bain quand il revient à la maison. Ils ne se sont pas parlé depuis le matin. Après un certain temps, il frappe à la porte de la salle de bains, sans savoir qu'elle s'apprête à lui faire une scène.

LUI

Tu lis ?

ELLE

À ton avis ?

LUI

Tu lis en faisant la tête ?

ELLE

C'est toi qui me la prends, la tête.

Il s'approche d'elle. Elle fait semblant de ne lui accorder aucune importance.

LUI

Tu fais quoi ce soir ?

ELLE

Je vais peut-être sortir voir un ami.

LUI

Qui ça ?

ELLE

Un homme très beau et beaucoup plus intelligent que toi.

LUI

Tu as de la chance.

ELLE

Lui aussi, figure-toi.

Il sourit, mais ça ne plaît pas du tout à Pauline, qui le fusille du regard.

ELLE

Qu'est-ce qui te fait rire ?

LUI

Toi.

ELLE

Je suis ravie de savoir que je te fais rire.

LUI

Écoute... Tu ne veux pas qu'on arrête ce petit jeu ?

Un temps. Ses lèvres tremblent légèrement.

ELLE

Pourquoi tu as changé ton code ?

LUI

Quel code ?

ELLE

Celui de tes mails.

LUI

Tu es allée sur mon ordinateur ? Pauline, tu es allée sur mon ordinateur ?

Le visage de Nicolas a changé en un instant. Pauline descend de quelques centimètres dans l'eau.

ELLE

Tu n'avais qu'à ne pas le laisser traîner au milieu du salon.

LUI

Tu es en train de me dire que tu fouilles dans mes affaires maintenant ?

ELLE

Arrête de retourner les choses, s'il te plaît. La question, c'est plutôt : comment veux-tu que, moi, je puisse avoir confiance en toi, après ce que tu as fait !

LUI

Tu ne vas pas recommencer, Pauline !

ELLE

Tu vas voir, ça va bientôt être de ma faute...

LUI

Écoute, je t'interdis de fouiller dans mes affaires, tu comprends ?

ELLE

Et après, tu veux me faire croire que tu n'as rien à te reprocher...

LUI

Ce n'est pas parce qu'on s'aime que l'on doit, du jour au lendemain, cesser d'avoir une intimité !

ELLE

Ah, oui ? Parce qu'*on s'aime* ? Non, je te pose la question... On s'aime ?

LUI

Je déteste cette discussion. Si tu savais comme je déteste cette discussion...

ELLE

Et moi, je te déteste. Si tu savais comme je te déteste...

21

Le lendemain, elle lit une critique élogieuse d'un film roumain dans *Télérama*. Emportée par l'enthousiasme du papier, elle se dirige vers le bureau de Nicolas dans l'intention de lui proposer de l'accompagner au cinéma, et ce n'est qu'au moment de frapper à sa porte qu'elle se souvient qu'elle est censée être fâchée contre lui. Elle fait donc volte-face et décide d'y aller toute seule. Nicolas lui demande où elle va, mais elle ne répond pas.

Sur le mode ironique, ce film traite de l'âge d'or de la dictature communiste et raconte notamment la visite officielle de Valéry Giscard d'Estaing à Ceausescu. Elle a lieu en 1979, et cette visite est prise très au sérieux par le service de la propagande du dictateur roumain : ce sera l'occasion de montrer au peuple que le secrétaire général est respecté à l'échelle internationale. Ce jour-là, donc, il l'attend à l'aéroport de Bucarest et, derrière lui, se trouve son photographe officiel. Quand Giscard descend de son avion, il échange une poignée de main diplomatique avec son homologue roumain – poignée de main immortalisée par le photographe.

Comme toujours.

Mais voilà, un problème se pose, un problème capital, et le service de la propagande n'arrive pas à trouver de solution.

Sur le cliché officiel, non seulement le dictateur a l'air tout petit à côté de Giscard, mais surtout, au moment où il lui serre la main, il n'a pas de chapeau, tandis que Giscard, lui, a conservé sa toque – nous sommes en mars et il fait froid. L'image ne met pas du tout en valeur le secrétaire général : on pourrait presque croire qu'il se découvre, voire qu'il s'allonge, devant le capitalisme européen.

Toute l'équipe de la propagande est sur le coup. Il faut trouver une solution dans la journée pour pouvoir publier, dès le lendemain, la photo en couverture du journal national. Heureusement, dans le service de propagande, on a l'habitude de truquer les photos ; on ne sait même faire que ça.

Le photographe tente dans un premier temps d'élever Ceausescu au niveau de Giscard, par un mouvement de translation verticale, mais on a maintenant l'impression qu'il est en lévitation à trente centimètres au-dessus du sol : ça ne va pas. Il faut trouver autre chose... Le stagiaire du photographe propose alors une astuce : il suffirait de rajouter une toque, très haute, au secrétaire général, et les deux personnalités se retrouveront à peu près à la même altitude. L'idée séduit : c'est évidemment la bonne solution, et toute l'équipe du trucage, après de longues négociations au sommet, se met au travail. Le résultat est satisfaisant, et on envoie la nouvelle photo aux journaux.

Ce n'est que le lendemain que l'on s'aperçoit de l'erreur commise : certes, la toque ajoutée permet à Ceausescu de gagner quelques centimètres, mais un détail a été omis : ce jour-là, Ceausescu avait sa toque dans la main gauche, une toque que personne n'a pensé à gommer. Le voilà maintenant avec deux toques. De crainte que le peuple ne se moque du dictateur et de son équipe propagandiste – car n'était-ce pas la preuve irréfutable de la manipulation ? – le *Scînteia*, le lendemain, est confisqué par la milice kiosque après kiosque.

Dans la petite salle noire, Pauline rit toute seule. Mais sur le chemin du retour, alors qu'elle remonte le boulevard Montparnasse en direction de son appartement, elle se dit que cette histoire résume parfaitement la situation dans laquelle elle se trouve : elle a l'impression d'être en face d'un cliché de Nicolas, *avec deux toques* – comme si elle avait elle-même retouché la photo en le plaçant au-dessus de toutes ces histoires d'infidélité. Dans son imaginaire, Nicolas n'était pas un homme comme les autres. Elle doit maintenant se rendre à l'évidence : l'homme qu'elle aime est peut-être moins grand, moins infaillible qu'elle ne l'avait imaginé.

22

Mais, de même que Mitterrand a serré la main de Kohl devant le monument aux morts de Verdun, de même Pauline et Nicolas se sont réconciliés – et les voilà justement dans un lit en plein processus européen. Il est en train de lire (il s'agit de *L'Âge d'homme*, de Michel Leiris ; Nicolas l'a acheté quelques jours auparavant, troublé par ce titre qui semblait mystérieusement parler de lui), quand elle lui arrache le livre des mains et le lance au pied du lit.

« Qu'est-ce que tu fais ? »

Depuis leur dispute, ils n'ont pas couché ensemble ; Nicolas est allongé sur le dos et, au moment où il tente de se redresser, Pauline le bloque de telle sorte qu'il est obligé de rester immobile, presque passivement, tandis qu'elle vient sur lui et qu'elle le considère avec un air de défi. Ils ne prennent pas le temps de se déshabiller, et ce n'est pas Nicolas qui vient alors en elle, mais elle qui, prenant le sexe de Nicolas d'une main assurée, le plonge dans son ventre – le passage est d'abord un peu difficile, mais assez vite elle va et vient sans peine, le long de son sexe, si bien que l'on peut dire qu'elle ne se fait pas pénétrer par Nicolas, mais qu'elle se pénètre de lui.

Ce sont des gestes qu'il ne lui connaît pas, et Nicolas est surpris en même temps qu'il est excité : il y avait cette mine d'or inexploitée, cette fureur qui se réveille soudain. Puis elle lui dit : « Jouis... Viens. Jouis en moi... » Elle le dit d'abord lentement, comme une prière qui traîne, mais qui prend assez vite une dimension autoritaire, et Nicolas n'a pas beaucoup d'efforts à faire pour lui obéir.

Depuis leur dispute, il y avait entre eux le fantôme de cette Victoria – fantôme informe, abstrait, pouvant véhiculer l'ombre menaçante de toutes les femmes. Pour le chasser, Pauline a bloqué Nicolas sur le dos et lui a imposé son rythme : animée par une rivalité nouvelle, elle a tenté de retrouver, de force, son statut d'unique objet de l'amour. De là où elle était, plantant son regard dans le sien, forçant le coffre de ses paupières, elle l'obligeait à n'être qu'*avec elle*. Il avait alors semblé à Nicolas, devant cette impossibilité de dériver vers d'autres femmes, même de façon imaginaire, que Pauline avait tenté de les *vaincre* toutes, et il avait été ému par cette énergie amoureuse.

Mais à peine s'est-elle retirée, qu'elle s'allonge sur le côté du lit et se met à pleurer. Nicolas ne comprend pas pourquoi. Que se passe-t-il ? Il tend la main vers sa joue, mais elle se détourne, se lève du lit et quitte la chambre.

23

Après la guerre, en décembre 1945, Michel Leiris se trouve au Havre. Il s'est installé dans une chambre d'hôtel, il a déplacé la table en bois sous la fenêtre pour pouvoir admirer la vue sur le port et il s'apprête à écrire la petite introduction que son éditeur lui a demandée pour la réédition de son livre *L'Âge d'homme*. S'il s'aventure sur son balcon, il peut mesurer à sa juste valeur l'effarante table rase que les bombes ont faite du centre de la ville. Il est alors saisi d'un malaise que je trouve merveilleux. « La douleur intime du poète ne pèse rien devant les horreurs de la guerre et fait figure de rage de dents sur laquelle il devient déplacé de gémir. » Son livre est en effet un exercice de confession intime. Il a été publié en 1939 et a connu un beau succès. Mais voici qu'il doit se replonger dans ces pages personnelles, ces pages qui, soudain, lui semblent aussi dérisoires qu'un mince gémissement narcissique.

C'est une situation à laquelle je pense souvent. Je ferme les yeux et j'imagine Michel Leiris sur son petit balcon. Les ruines sont encore fumantes, là-bas, et il réfléchit à la valeur, non seulement de la littérature, mais de la douleur individuelle. Je me dis alors que tout ce qui me peine, m'accable et me désespère – tout ce qui m'empêche de répondre positivement à l'impératif joyeux de Beethoven – pourrait tout aussi bien faire figure de rage de dents, si je faisais l'effort de me transporter, même par la pensée, sur ce balcon. Je me retrouve alors aux côtés de Michel Leiris, et nous sommes tétanisés, l'un et l'autre, par l'énorme vacarme torturé du monde.

Cela s'appelle : relativiser.

Sur le balcon de Michel Leiris, tous les problèmes de Pauline et Nicolas paraissent dérisoires. Mais ils n'ont aucun moyen d'y accéder – et c'est bien là le problème – car ils vivent *en dehors* de l'Histoire.

Je vois Pauline se lever du lit au moment où Nicolas lui tend la main ; elle pleure ; et je suis triste pour eux.

24

Ce jour-là, alors que Nicolas est en train de lire dans le salon, Pauline rentre plus tôt que prévu du travail. Elle lui dit vaguement bonjour et file dans la salle de bains. Nicolas est tenté d'aller la voir, mais il est bientôt l'heure de son rendez-vous (il doit prendre un café avec un réalisateur qui veut peut-être le faire travailler sur son prochain film) ; et que peut-il opposer à son silence ? Il prend sa veste et, trouvant la porte de la salle de bains fermée, il quitte l'appartement sans rien dire. Pauline s'est déshabillée devant le miroir avant d'entrer dans la baignoire. Elle pose sa main sur son ventre et ferme les yeux.

La veille, elle s'est enfin décidée à acheter un test de grossesse. Elle a ressenti quelque chose de particulier au moment où elle a prononcé ce mot : « test de grossesse ». En face d'elle, la pharmacienne a fait attention de n'exprimer aucune émotion particulière. Elle s'est contentée, très professionnellement, d'aller chercher la petite boîte dans l'arrière-boutique, comme s'il s'agissait d'un shampooing ou d'une crème hydratante. Après tout, on ne sait jamais si on a affaire à une grande nouvelle ou, à l'inverse, au prélude d'une catastrophe. Pauline, elle-même, ne sait pas ce qu'elle espère ; cela fait déjà plusieurs jours qu'elle y pense, calculant fiévreusement ses retards, culpabilisant pour son manque de rigueur dans la comptabilité de ses pilules, rêvant tour à tour d'un ventre vide et d'un ventre plein.

Elle a lu la notice avec nervosité ; ce n'est pas la première fois qu'elle vit cette scène. À dix-huit ans, dans la salle de bains qui se trouve en face de sa chambre d'enfant, il lui est arrivé d'ouvrir la même petite boîte blanche avec la même boule dans la gorge. Elle avait été prise de panique en découvrant que le résultat était positif. Sa mère l'avait consolée, et elle se souvient encore de ces longues minutes pendant lesquelles elles étaient restées dans les bras l'une de l'autre. Elle n'avait rien dit au garçon avec lequel elle sortait et avait pris rendez-vous chez un docteur pour se faire avorter.

En sortant de la clinique, ce jour-là, elle avait été frappée par la simplicité du spectacle qui s'offrait à elle : des gens marchaient sur les trottoirs, des voitures passaient, des enfants rentraient de l'école et quelques adolescents traînaient en fumant des cigarettes – la vie continuait. La petite mécanique du monde lui était alors apparue de façon éclatante : la vie continuait et elle, qui venait à l'instant de se séparer d'un fragment vivant de son corps, avait plus que jamais envie de rejoindre le mouvement général, *comme s'il ne s'était rien passé.*

Plusieurs fois, dans les années qui ont suivi, elle a repensé à ce moment, et aujourd'hui encore elle y pense, alors qu'elle prend son bain et qu'elle passe une main hésitante sur son ventre : elle se dit que la vie pourrait tout à fait continuer comme si de rien n'était – personne ne l'oblige à avoir cet enfant, et on oublie ; on oublie.

Le matin, quand elle a constaté que le résultat était positif, elle a éprouvé une émotion contradictoire. Elle avait le sentiment que cette nouvelle, cette heureuse nouvelle, tombait au plus mauvais moment. Son couple ne se fissuraitil pas sous ses yeux ? Elle était partie au travail sans rien dire à Nicolas, mais toute la journée elle n'avait pensé qu'à ça, si bien que son patron, la voyant blême et déconcentrée, lui avait dit de rentrer chez elle.

Que va-t-elle faire ?

L'eau du bain cesse de couler. Elle met alors la tête sous l'eau et reste un long moment en apnée ; elle peut entendre les battements sourds de son cœur, preuve qu'elle existe et que tout ceci est bien réel.

25

Elle a mis son peignoir. Elle attend maintenant qu'il rentre de son rendez-vous. Au loin, à travers la fenêtre, elle peut apercevoir le cimetière du Montparnasse. Elle se souvient que Nicolas lui disait toujours, au moment où ils se sont installés dans cet appartement, que c'était une chance inespérée d'habiter en face d'un cimetière. On ne pouvait pas oublier que la vie est courte. « Je n'ai pas besoin de ça pour m'en souvenir », lui avait-elle répondu.

Au même moment Nicolas apparaît. Il est surpris de la voir ainsi, le front collé à la vitre, et il lui demande si tout va bien. Elle se tourne alors vers lui. C'est la première fois qu'elle lui sourit depuis plusieurs jours.

Et elle lui dit : « Nicolas...

— Quoi ?

— Il y a quelque chose qu'il faut que je te dise. »

TROISIÈME PARTIE

LA TYRANNIE

1

Dans les premières pages de *L'Âge d'homme*, Michel Leiris explique qu'une des grandes énigmes irrésolues de son enfance a été le mécanisme de la descente des jouets à Noël à travers la cheminée. Personnellement, je ne me rappelle pas m'être posé cette question. Mais je dois reconnaître qu'un problème technique se présente à tout enfant attentif et concentré. Imaginons un bateau, par exemple. Comment fait-il pour apparaître en bas de la cheminée, s'il est trop large pour passer à travers le conduit ? La résolution de Leiris fait intervenir Dieu : Il crée les jouets à l'endroit même où l'enfant les trouve. Ils n'ont donc pas à passer à travers la cheminée.

C'est astucieux.

Dans son esprit, ce problème fait écho à un autre mystère : « Dès que je sus ce qu'était la grossesse, écrit-il, le problème de l'accouchement se posa pour moi d'une manière analogue à celle dont s'était posé le problème de la venue des jouets dans la cheminée : comment peuvent passer les jouets ? Comment peuvent sortir les enfants ? »

Je trouve cette association merveilleuse, parce qu'elle désigne parfaitement le mystère que représente le monde, du point de vue d'un enfant. Mais elle soulève une autre question : peut-on vraiment comparer un enfant à un cadeau ?

2

Le ventre de Pauline a grossi ; elle se regarde dans la glace, et elle a le sentiment, elle aussi, d'être devant un grand mystère : un mystère à la fois connu et inconnu. D'une certaine façon, comme Michel Leiris, elle fait intervenir Dieu. En quels termes, elle ne le sait pas vraiment ; il lui arrive d'entrer dans une église, par exemple, et de faire brûler un cierge. Cela fait sourire Nicolas, qui la trouve superstitieuse.

« Pourquoi tu fais ça ? Tu crois en Dieu ? »

Elle se contente de hausser les épaules.

L'autre jour justement, en se promenant sur l'île de la Cité, elle a été saisie par l'envie d'entrer dans la cathédrale. C'était un jour ensoleillé, et la lumière était éclatante, si bien qu'elle a eu l'impression d'entrer dans une grotte humide et sombre. À l'intérieur, elle a été frappée par le nombre de touristes : ils prenaient des photos des rosaces, de la nef et des différents vitraux en faisant du bruit, en comparant leurs photos et en se pressant les uns contre les autres. Il n'y avait plus aucune trace d'un quelconque recueillement. Elle s'est alors dit qu'on était entré dans une autre époque, une époque dans laquelle une cathédrale se visite comme on visiterait un temple grec ou une pyramide égyptienne : ce n'était plus un lieu de culte, mais un lieu de visite. Sans qu'elle sache bien pourquoi, cette sensation lui était désagréable. Alors que vient-elle chercher dans cet endroit qui la met mal à l'aise ? Elle s'est approchée des petites bougies qui brillent là-bas, dans le coin, et sans faire de bruit elle en a allumé une.

« Faites que tout soit normal », a-t-elle chuchoté.

C'est aussi ce qu'elle se répète, ce jour-là, en s'allongeant sur la table d'examen du professeur Simon. Faites que tout soit normal. Nicolas est à ses côtés. Il a les mains moites. Dans le monde de l'enfantement, la *normalité* est le but suprême.

Le professeur Simon leur fait un grand sourire : il n'y a aucune raison de s'inquiéter. Il leur fait même entendre les battements du cœur. Il est déjà là, et tout va bien. Le professeur leur montre alors ses propres paumes : « Vous voyez, ces lignes, celles dont on dit qu'elles révèlent l'avenir d'un individu... Vous savez d'où elles viennent ? Ce sont les cicatrices des premières pulsations. Au moment où le cœur se met à battre, les mains du fœtus se contractent, et les lignes se dessinent pour toujours. Celles de votre bébé sont déjà inscrites à l'intérieur de ses mains... » Nicolas n'en revient pas de pouvoir entendre ces pulsations de vie ; il en a les larmes aux yeux.

3

Si l'hymne européen représente le triomphe de la joie sur le désespoir, le visage de l'Europe a, lui, quelque chose de sévère et de concentré : celui d'un petit homme presque chauve, moustachu, dont le regard est empreint d'une gravité intimidante. Il s'agit de Robert Schuman, « le père de l'Europe ». Contrairement à Michel Leiris, s'il se trouvait devant le centre dévasté du Havre, il ne se demanderait pas quel serait le poids de sa prose ; il se dirait plutôt : « Que faut-il faire pour qu'une telle chose ne se reproduise plus jamais ? »

J'aime l'idée que l'on puisse se dire : « cet homme est le père de l'Europe ». Cette expression lui va bien : « Robert », pour la France, « Schuman » pour l'Allemagne – rien que dans son nom, il a réussi une synthèse parfaite de l'Europe (bien que, concernant ce point particulier, il n'y soit pour rien, et ce serait plutôt ses parents – le « grand-père » et la « grand-mère » de l'Europe, donc – qu'il faudrait féliciter pour ce choix judicieux). Dans cette grande famille, il existe aussi des arrière-grands-pères, comme Victor Hugo, Saint-Simon, Guizot ou Auguste Comte qui évoquèrent très tôt l'idée de créer un jour les « États-Unis d'Europe ». Mais l'essentiel se joue avec Robert Schuman.

Au lendemain de la guerre, il est ministre des Affaires étrangères et va dépenser une énergie considérable pour orchestrer cette nouvelle symphonie. Évidemment, il n'a pas fait l'Europe tout seul. À ses côtés, il y a Konrad Adenauer (Allemagne), Joseph Bech (Luxembourg), Johan Willem Beyen (Pays-Bas), Alcide de Gasperi (Italie), Paul-Henri Spaak (Belgique) et Jean Monnet (France).

Cela fait beaucoup de monde sur le balcon.

Tous rêvent d'instaurer de façon durable la paix en Europe. Les massacres ont été trop nombreux. Pour y parvenir, il n'y a selon eux que deux solutions : équilibrer les puissances *ou* réconcilier les nations.

Parce qu'ils ont déjà beaucoup souffert et que l'équilibre des puissances a déjà failli après la dernière guerre, ils font le choix audacieux de *la réconciliation*.

C'est le moment le plus important de l'histoire européenne.

4

La perspective d'avoir un enfant a considérablement transformé leur relation : Pauline et Nicolas passent maintenant des heures l'un à côté de l'autre, allongés sur leur grand lit, à rêver à tout ce qui les attend et leurs vieilles querelles sont oubliées – elles appartiennent à une autre histoire, une histoire dont ils veulent maintenant se détourner pour mieux regarder leur avenir.

« Il faudra qu'on déménage », lui dit justement Pauline.

Elle ne voudrait pas que le bureau de Nicolas devienne la chambre du bébé – car où irait-il ? Depuis qu'il a fini son scénario, rien ne s'est vraiment passé pour lui, et même le projet de film d'animation semble dans une impasse. Le producteur lui a fait comprendre que le financement d'un tel projet se révélait plus compliqué que prévu et qu'il pouvait cesser d'écrire ses dialogues colorés entre pigeons et mouettes, du moins jusqu'à nouvel ordre. Il ne sait plus très bien quoi faire ni espérer, et ne parvient plus à écrire une seule ligne. Il n'ignore pas que l'ambition se paie d'endurance, mais il a perdu confiance en lui : au fond, pourquoi s'acharne-t-il à vouloir écrire un scénario ? Est-ce si important ? Qu'est-ce qui est vraiment important à ses yeux ? Il a peur de finir comme ces artistes ratés qui vous parlent pendant des heures de leurs projets sans réaliser qu'ils n'intéressent plus personne. Il se dit parfois qu'il serait peut-être plus simple de tout arrêter. Il va bientôt avoir un enfant : n'est-ce pas le moment de trouver « un vrai métier » ?

C'est en tout cas le moment idéal pour trouver « un nouvel appartement » ; et Pauline, qui a beaucoup de travail, le charge de cette recherche. Ils se demandent si l'occasion n'est pas venue d'acheter quelque chose. Après tout, ils vont avoir un enfant et ils ont déjà trente ans. Mais Nicolas découvre deux choses. La première, c'est qu'aucune banque ne lui prêtera d'argent. Ah bon ? Non : *aucune*. La seconde, c'est que, sans cet apport, ils ne pourront jamais acheter d'appartement – jamais. Et s'ils veulent en louer un avec une chambre d'enfant *et* un bureau, ils seront contraints de changer de quartier : tous les appartements qui correspondent à leur budget se trouvent en périphérie de la ville, voire en banlieue. Seulement, Nicolas ne veut pas entendre parler de la banlieue. C'est psychologiquement au-dessus de ses forces ; il aurait le sentiment de revenir chez ses parents.

« Qu'est-ce que tu veux que j'y fasse ? dit-il à Pauline, désemparé. Tout est devenu hors de prix. »

Ce jour-là, Nicolas se promène sur le boulevard Montparnasse, et il sent pour la première fois qu'il va devoir changer de vie. Il a visité le matin même un appartement à Levallois. « La ville est desservie par le métro, lui a dit Pauline, ce n'est pas vraiment la banlieue... »

Sur la droite, il aperçoit la rue Campagne-Première, dans laquelle Godard a tourné la dernière scène d'*À bout de souffle*. Il se souvient qu'en arrivant dans ce quartier, il avait retrouvé l'endroit où Belmondo s'écroule au sol, tué par les policiers. Il s'était alors allongé à son tour sur la chaussée. Son émotion avait été grande. En y repensant, il ne peut s'empêcher de se moquer de lui-même. À l'époque, c'était un pèlerinage important ; ceux qui l'avaient vu, en revanche, l'avaient sans doute pris pour un marginal. Mais ils ne pouvaient pas, comme lui, entendre les pas de Jean Seberg sur le macadam. Ni voir son beau visage se pencher au-dessus de lui et l'entendre dire, au moment où il fermait définitivement les yeux : « Qu'est-ce que c'est, dégueulasse ? »

De ce film la scène qu'il préfère, c'est l'entretien avec l'écrivain – et il y repense maintenant en marchant sur le boulevard. Jean Seberg est journaliste et doit rencontrer un auteur à succès. Dans un premier temps, Godard avait pensé à Céline pour jouer son propre rôle, mais celui-ci a décliné la proposition. C'est finalement à Jean-Pierre Melville, son ami, qu'il demande d'interpréter le personnage du « grand écrivain ». « Essaie de parler des femmes comme tu m'en parles d'habitude », lui dit Godard. « C'est ce que j'ai fait, raconte Melville. Je me suis inspiré de Nabokov, que j'avais vu dans une interview télévisée, étant comme lui fin, prétentieux, imbu de moi-même, un peu cynique, naïf, etc. »

Cela donne :

« Comment pensez-vous que votre livre sera reçu ?

— *Je suis persuadé que le livre, en France, recevra à cause du puritanisme français un accueil assez réservé.*

— Pensez-vous que l'on puisse croire encore à l'amour à notre époque ?

— *Bien sûr, on ne peut plus croire qu'à l'amour. À notre époque, justement.* »

Et la question de Jean Seberg :

« Quelle est votre plus grande ambition dans la vie ?

— *Devenir immortel. Et puis mourir.* »

5

Si Pauline et Nicolas passent des heures l'un à côté de l'autre sur leur lit à rêver à tout ce qui les attend, c'est parce qu'ils ont le sentiment de vivre quelque chose d'unique, d'intime et de secret. Mais, de même que la grossesse fait réapparaître la notion de *normalité*, elle convoque de façon mécanique celle de *groupe*. Les individus se souviennent alors qu'ils font partie d'une foule agitée, et les heures en tête à tête leur sont désormais comptées. C'est ainsi qu'ils vont assister au grand retour de la famille.

Depuis que la mère de Pauline est partie à la retraite, il y a deux ans, elle semblait attendre quelque chose, sans savoir quoi exactement. Quand elle apprend au téléphone que sa fille est enceinte, elle pousse un petit cri de joie ; elle réalise que c'était précisément *ça* qu'elle attendait : le bonheur d'accueillir de nouveau un bébé. Elle tient absolument à les féliciter et, comme sous l'effet pressant d'un appel d'air, elle sonne à leur porte le dimanche suivant. Elle a apporté un grand bouquet de tournesols, que Pauline met dans un vase près de la fenêtre. Ce jour-là, il sera question de régime alimentaire, de congés maternité, d'allaitement, de berceau, de crèche ; la mère de Pauline leur dit qu'elle sera évidemment à leur disposition pour les aider au moment de la naissance. Puisqu'ils s'apprêtent à déménager, elle pourra peut-être s'installer chez eux les premiers temps. Combien de pièces vont-ils avoir à Levallois ?

« Tout le monde doit vivre à peu près la même chose », se dit alors Nicolas pour relativiser le dépit que lui inspire la perspective de cette cohabitation. De même que l'histoire d'un pays est jalonnée de dates censées nous renvoyer à des événements déterminants de son évolution, celle d'un individu est une route jalonnée de bornes socialement identifiables qui permettent de situer cet individu dans sa propre histoire. Ces bornes vont de la naissance jusqu'à la mort en passant par quelques étapes significatives, telles que : l'obtention du bac, le mariage, le premier enfant, le premier divorce, le deuxième enfant, la retraite, la naissance des petits-enfants, la mort des parents, le premier souci de santé, la maison de retraite…

Résumée ainsi, une vie paraît terriblement courte et dérisoire. Ce survol crée un phénomène d'accélération du temps qui nous renvoie fatalement au sentiment de notre propre vulnérabilité. Franchir une de ces étapes, c'est donc redonner à sa propre vie une dimension de finitude. Elle peut désormais se mesurer et, donc, se comparer. Ainsi, le jour où son père vient les féliciter, Nicolas se dit que ce dernier était plus jeune que lui quand il a eu son premier enfant. En revanche, il avait déjà un emploi stable et, du moins sur les photos dont il se souvient, il n'avait plus rien d'un jeune homme. Cette idée a des effets étranges sur lui et renforce son impression de fragilité : s'il a déjà rattrapé son père, il ne lui faudra pas très longtemps pour se retrouver là où il se trouve aujourd'hui : à deux années de la retraite. À combien de la mort ?

Ce jour-là, Nicolas est envahi d'une sensation qu'il ne connaît pas. Il a l'impression d'avoir vieilli.

6

Tentative de définition du verbe « vieillir ».

À trente ans, il y a théoriquement autant de choses à vivre que de choses vécues, autant devant que derrière soi – c'est-à-dire : autant d'espérances que de souvenirs. C'est un équilibre précaire qui ne durera pas. Peu à peu, la masse des souvenirs l'emportera sur celle de l'espérance. De ce point de vue, vieillir, ce serait le transvasement invisible entre ces deux masses. Plus on avance, plus l'espérance se fait rare, tandis que la poche contenant les souvenirs devient extrêmement lourde. Si lourde, en vérité, qu'elle finit par se déchirer. La mémoire fuit alors de toutes parts. Elle fuit jusqu'à disparaître complètement.

7

Il n'y a que deux façons de se consoler de ne pas être immortel : *la création* (ou l'espérance secrète de la postérité) et *la procréation* (ou la promesse de se survivre à travers un enfant) – Beethoven, lui, n'aura pas d'enfant. Pour soigner sa postérité, donc, il espérait atteindre le cap symbolique de la dixième symphonie. C'était chez lui une obsession. Il se disait : « Si je parviens à franchir cette limite, alors je serai éternel. »

Il tombe malade juste après avoir écrit l'indépassable *Neuvième*. Dans les derniers mois, il envoie une lettre à son ami Ignaz Moscheles (République tchèque) dans laquelle il promet aux Anglais de leur composer cette dernière symphonie pour les remercier de leur soutien : c'est en effet en Angleterre que son génie est reconnu à sa juste valeur. Il n'a malheureusement pas le temps de tenir sa promesse : il meurt le 26 mars 1827.

Il est enterré à Vienne.

Nicolas, lui, n'a pas besoin de composer de dixième symphonie : si ses projets artistiques semblent au point mort, l'idée d'avoir bientôt un enfant lui donne un peu l'avant-goût de cette éternité. Il n'avait pas imaginé que Pauline tomberait si rapidement enceinte, mais il s'était toujours dit qu'il fonderait un jour une famille : rien ne lui semblait plus triste, et plus précaire, que d'avancer seul dans la vie et de ne pas prolonger ce fil qui nous relie les uns aux autres. Le jour de sa visite, son père leur avait raconté comment les choses s'étaient passées pour sa naissance. Eux aussi venaient d'emménager dans un nouvel appartement et, le soir, après ses horaires de bureau, il avait construit lui-même la table à langer. Nicolas tentait d'imaginer cette vie ancienne : il visualisait ses deux jeunes parents tourner autour du berceau, ne pas dormir, le veiller, l'embrasser – en un mot, l'aimer. C'étaient eux ; et c'était lui ; cette évidence l'étonnait, comme s'il avait oublié tout l'amour dont il avait bénéficié. Bientôt, ce sera son tour : il fera de courtes nuits, bercera un petit enfant, chantera des comptines. Donnera sans compter. Puis les choses s'inverseront encore, et ce sera un jour son enfant qui s'occupera de lui, quand il sera vieux et démuni. Mais lui, que fait-il pour ses parents ? Il est alors pris de remords : il ne pense pas beaucoup à eux, ne les appelle jamais et, au fond, a tout fait pour les écarter de sa vie. Cette constatation coupable lui serre le cœur. Est-il à ce point égoïste ? Il voudrait alors prendre la main de son père et, ce qu'il n'a jamais fait, lui demande comment il va, s'il est heureux en ce moment, et s'il est content d'être bientôt grand-père...

Ce dernier, surpris par tant de sollicitude, en profite pour se confier à lui. Il y a quelque chose d'important dont il voulait justement lui parler depuis un certain temps : il a pris la décision de quitter sa femme. Il estime que ce sera mieux pour lui, et mieux pour elle. Ils ne s'entendent plus depuis des années, et il est temps que chacun reprenne sa liberté.

« Ah bon ? Mais pourquoi ? »

Son père s'est séparé de la mère de Nicolas quinze ans auparavant et s'est remarié presque aussitôt avec une femme un peu plus jeune, nommée Sylvie, dont il disait à l'époque qu'elle était « la femme de sa vie ». C'est pourquoi Nicolas lui demande s'il a rencontré quelqu'un d'autre – on ne quitte pas la femme de sa vie sans raison – mais il lui assure que non. « Seulement, je ne suis pas éternel. Et j'ai envie de profiter de la vie, tu comprends ? »

8

La philosophie de Robert Schuman est simple : la mise en commun de certaines ressources assurera la paix entre les différents pays. C'est ainsi qu'en 1951, à son initiative politique, le charbon et l'acier sont mis sous l'autorité commune de la France et de l'Allemagne fédérale. D'après lui, l'Europe demeurera faible et sera une source constante de conflits tant qu'elle restera morcelée. À l'inverse, unis les uns aux autres, les pays seront plus forts et plus prospères.

Il s'agit, en somme, de *fonder une famille.*

Car il en va de même pour les individus. N'est-ce pas pour se sentir moins démunis devant leur propre vulnérabilité qu'ils se lient ainsi les uns aux autres ? Fonder une famille, pense Pauline, c'est partager avec quelqu'un le désespoir d'être mortel et, de la sorte, s'en consoler un peu. De ce point de vue, elle ne comprend pas l'attitude du père de Nicolas. S'il ne se sent « pas éternel », comme il l'a dit l'autre soir, ne devrait-il pas, au contraire, se rapprocher de sa femme ?

Nicolas l'écoute sans rien dire ; il est surpris de constater qu'elle ne comprend pas cette chose simple : c'est parce qu'il se sent vieux qu'il voudrait en profiter. Non seulement il ne juge pas la décision de son père, mais une part secrète de lui-même l'approuve, et il peut facilement s'imaginer dans quelques années suivre le même chemin : viendra fatalement le jour où il voudra retrouver sa liberté de jouir, et cette pensée sans issue le rend tour à tour triste et impatient.

Afin de chasser cette vision, il embrasse Pauline sur le front, et lui dit : « Tu as raison. Mais tu sais, mon père a toujours été quelqu'un d'inconséquent… »

9

Avant de quitter définitivement leur appartement de Montparnasse, ils décident d'organiser une fête à laquelle Pauline va jusqu'à inviter son patron, qui a froncé ses gros sourcils noirs quand elle a prononcé devant lui les mots « congé maternité ». « Vous allez partir longtemps ? » lui avait-il demandé, désemparé comme un enfant abandonné. Il a toujours beaucoup aimé Pauline. Une fois, il l'a convoquée dans son bureau et, après avoir tourné autour du pot pendant dix minutes, s'est lancé dans une déclaration pathétique. Il ne savait pas ce qui lui arrivait ; depuis qu'elle travaillait chez eux, il n'était plus le même, il manquait de concentration, il avait comme une pression, là, sur la poitrine, et elle en était la cause ; il allait quitter sa femme, mais évidemment, il ne lui demandait rien en retour ; il savait qu'il était bien trop âgé et qu'ils ne vivraient jamais ensemble.

Sur le moment, Pauline l'avait trouvé émouvant. Mais que pouvait-elle lui répondre ? Elle aimait Nicolas. Elle avait alors oscillé entre plusieurs registres, de la tendresse jusqu'à la distance, pour préserver leur relation de travail sans pour autant entretenir son espérance. Appelons cela : « l'art délicat d'être une jolie femme ». Aussi, ce soir-là, a-t-il un air bien triste quand il pousse la porte de leur appartement et qu'il leur dit : « Je suis très heureux pour vous. » C'est d'ailleurs ce que tout le monde assène – les naissances suscitant un enthousiasme *en général*, comme si l'espèce humaine dans son ensemble y jouait quelque chose de fondamental qui la rassurait sur sa propre destinée. « Vous devez être heureuse, non ? » continue son patron, et Pauline sourit, tout en pensant : « Oui. Je ne l'ai jamais été autant... »

10

Elle est sur le petit balcon avec Sofia, et elles contemplent les toits de Paris. À cause du cimetière, que l'on aperçoit au loin, elles font la liste de leurs morts préférés.

Celle de Pauline comprend :

— André Breton,

— Boris Vian,

— François Mitterrand.

Celle de Sofia n'est pas mal non plus :

— Mickael Jackson,

— Gainsbourg.

En troisième position, elle n'arrive pas à se décider entre Paul Éluard et Jeanne Moreau.

« Mais Jeanne Moreau n'est pas encore morte, lui répond Pauline.

— Ah bon ? Tu es sûre ? »

Sur le canapé, Nicolas parle avec le patron de Pauline. Il lui explique qu'ils ont sans doute trouvé un appartement plus grand en banlieue, et le patron hausse les épaules, suggérant avec un certain fatalisme qu'il s'agit là d'une évidence. « C'est très symptomatique. Votre génération est en train de devenir pauvre. En fait, ce n'est pas seulement votre génération. C'est l'Europe tout entière. Mais la plupart des gens ne s'en rendent pas encore compte. Pourtant, il suffit de voyager pour prendre la mesure de ce qui va nous tomber dessus. Ce sera très violent. Pendant des siècles, c'est sur ce continent que se passaient les choses. Ce n'est plus le cas. Il faut bien laisser la place aux autres, non ? Il y a eu les États-Unis, et maintenant c'est au tour de l'Asie. Vous allez voir, nous allons assister à un phénomène intéressant : l'Europe va devenir un tiers-monde. En quelques décennies. Et vous, vous allez être déclassés. Pas tout le monde, évidemment. Pour certains, qui sont plus malins que les autres ou dont les parents sont déjà très riches, ça va aller. Mais pour la majorité des gens, croyez-moi, ça va être dur. Vraiment très dur... »

« Il est sinistre, ton patron », dit Nicolas à Pauline un peu plus tard, alors qu'il vient de la rejoindre sur le balcon.

« On se demandait si Jeanne Moreau était déjà morte ?

— Je crois, oui. Pourquoi ?

— On comparait nos morts préférés... »

Quelqu'un appelle alors Pauline, et Nicolas se retrouve seul avec Sofia.

« Alors ?

— Alors, quoi ?

— Tu dois être heureux, non ? Tu vas devenir papa... »

Dans son sourire, Nicolas croit déceler une certaine ironie.

« Eh oui, je vieillis... »

Elle s'approche de lui. Elle tient une coupe de champagne à la main. Elle lui en propose, et Nicolas boit une gorgée qui a la volupté d'un baiser.

« Tu as de la chance. Moi, je finirai triste et seule... »

Il la regarde ; il est effrayé de sentir qu'il la désire.

« Qu'est-ce qu'il y a ? lui demande-t-elle.

— Hein ?

— Pourquoi tu me regardes comme ça ?

— Pour rien. »

Elle lui sourit, comme si elle pouvait lire dans ses pensées et qu'elle lui disait avec une pointe d'amusement sadique : « Qu'est-ce que tu veux, il fallait y réfléchir avant... »

11

Les invités sont maintenant tous partis et Nicolas, qui fumait une dernière cigarette sur le balcon, revient dans le salon. « Laisse la fenêtre ouverte », lui dit Pauline, allongée sur le canapé. L'air frais de la nuit pénètre dans l'appartement.

« C'était réussi, non ?

— Oui...

— Les gens se sont bien amusés. »

Nicolas vide les cendriers dans la poubelle.

« Même ton patron ?

— Hein ? Non, lui, c'est différent. Il ne s'amuse jamais.

— Le pauvre...

— Je suis tellement fatiguée que je n'ai même pas le courage de me lever.

— Tu veux que je te porte, c'est ça ?

— Exactement », répond-elle avec un petit sourire de princesse endormie.

Il s'approche d'elle et la prend dans ses bras.

« De plus en plus lourde...

— Ça t'étonne ? »

Une fois dans la chambre, il la dépose sur le lit.

« Je suis triste de quitter cet appartement. Pas toi ?

— Aujourd'hui, tu dis ça. Mais tu verras, on sera bien là-bas, dit-il en repensant, non sans un certain pincement au cœur, à Levallois. Tout à l'heure, ton patron dissertait sur le fait qu'on allait vivre en banlieue...

— Ah, oui ?

— Oui. Il disait que c'était le propre de notre génération. Comme quoi nous allions tous devenir pauvres...

— Tu sais, il est d'un optimisme à toute épreuve...

— J'ai l'impression, oui, répond Nicolas, vaguement songeur.

— À propos, je t'ai dit ? Ma mère vient la semaine prochaine à Paris pour m'aider à acheter tout ce qu'il faut. Un lit, une table à langer, des biberons...

— Super !

— Ça ne t'embête pas si elle dort ici ? »

12

La table à langer, justement.

Il repense à l'anecdote que lui a racontée son père : après ses heures de bureau, il en avait construit une, sur mesure, avant que sa femme ne revienne de la clinique avec leur premier bébé. N'était-ce pas la preuve qu'il avait, lui aussi, attendu cette naissance, qu'il l'avait espérée, désirée ? Si étrange que cela puisse paraître, cette vision ne correspond pas du tout à l'image qu'il a de son propre père.

Il faut dire qu'ils ne se sont jamais très bien entendus, tous les deux ; leur sujet favori de discorde, parmi d'autres, a toujours été le choix professionnel de Nicolas. Son père l'aurait plus volontiers imaginé avocat – ou dentiste à la rigueur – mais scénariste ? Si encore c'était un scénariste qui écrivait des scénarios...

Avec le temps, les choses se sont un peu apaisées, et ils ont implicitement décidé de ne plus aborder ces sujets pour maintenir entre eux une relation cordiale, bien que distante. Le fond de l'affaire, c'est que Nicolas reproche à son père de ne pas s'être bien comporté avec sa mère : il l'a trompée pendant des années de façon ostentatoire avant de la quitter du jour au lendemain pour Sylvie. Dans sa vision des choses, son père a le rôle du salaud, et il a toujours eu ce réflexe un peu puéril de vouloir prouver à sa mère qu'il valait mieux que lui. Par la suite, il a découvert qu'elle l'avait également trompé, de façon aussi régulière et non moins cruelle, et qu'ils s'étaient, en somme, malmenés l'un et l'autre. Nicolas est avant tout l'enfant de ces trahisons – comme à peu près tous ceux de sa génération. Et c'est sans doute pour cette raison que cette dernière vit corsetée dans une inquiétude morale un peu trop serrée. Après chaque guerre, n'entend-on pas le refrain du « plus jamais ça » ?

Quelques semaines après sa visite, Nicolas aperçut de loin son père dans la rue : il marchait, place Colette, à côté d'une jeune femme qui ne devait pas avoir plus de trente ans. Il hésita à aller le voir, mais décida finalement de ne pas le faire. Que lui aurait-il dit ?

Le soir, il raconta la scène à Pauline.

« C'est pour ça qu'il quitte Sylvie...

— Sans doute, oui.

— Elle avait l'air tellement jeune...

— Il n'a pas osé te le dire, c'est tout. Et c'est compréhensible.

— Oui. »

Nicolas resta songeur un long moment. Des images pénibles fleurissaient dans sa tête : il voyait son père dans les bras de cette fille nue, et il ne parvenait pas à savoir s'il lui en voulait – et de quoi – ou, tout simplement, s'il l'enviait.

13

« Où est le père ? Où est le père ? »

Dans les couloirs de la clinique une certaine agitation règne. Nicolas s'approche et lève timidement le doigt, étonné que personne ne l'ait remarqué jusque-là. On lui tend alors le bébé emmailloté. « Félicitations ! » Il regarde la petite fille, un frisson le parcourt, et il essaie de graver dans sa mémoire tout ce qu'il voit. Il se concentre pour retenir chaque détail, chaque minuscule détail, et une voix intérieure lui dit : « Tu es en train de vivre un des moments les plus importants de ta vie, mon vieux. »

Il ne sait pas quoi dire ; alors il dit : « Elle est si petite... », et il se met à lui chanter la berceuse que sa mère lui chantait quand il était lui-même tout petit.

En fin d'après-midi, il sort seul de la clinique ; il prend le métro jusqu'à Levallois. Aucune pensée ne le traverse : les émotions de la journée ont saturé son être entier. Pourtant, il voudrait bien que quelque chose se passe ce soir. Il consulte son répertoire et envoie quelques textos – mais tout le monde semble dormir. Il se retrouve donc dans leur nouvel appartement et continue, comme il le fait depuis déjà trois jours, de défaire les cartons. Parmi ses affaires, il tombe alors sur un vieil exemplaire de *Rhinocéros*, de Ionesco ; il ne l'a pas lu depuis la terminale. À l'époque, il s'était inscrit dans un cours de théâtre et y avait rencontré une fille dont il était tombé amoureux. Comment s'appelait-elle déjà ? Il est surpris de ne plus s'en souvenir.

Il ouvre le livre au hasard.

« Le chat a quatre pattes. Isidore et Fricot ont chacun quatre pattes. Donc Isidore et Fricot sont chats.

— Mon chien aussi a quatre pattes !

— Alors, c'est un chat. »

Il referme le livre, un sourire aux lèvres, et se remet au travail. Plus tard, cherchant à trouver le sommeil, il repense à la fille du cours de théâtre ; il se dit qu'il ne parviendra pas à dormir tant qu'il ne se souviendra pas de son prénom. Comment s'appelait-elle ? La première fois qu'il l'avait vue, elle lisait *La Mouette*, de Tchekhov. Il pouvait revoir son regard vert, ses cheveux raides, le beau manteau mauve qu'elle mettait souvent cet hiver-là – mais son nom ? Pendant des mois, il avait souffert de son indifférence. Il pensait qu'elle était la femme de sa vie, qu'il ne l'oublierait jamais... Et aujourd'hui ? Il était incapable de se souvenir même de son prénom.

Nicolas se relève et va dans le salon.

Ce trou de mémoire lui est désagréable, comme s'il jetait sur son passé une ombre douteuse. Tout ce qui nous a paru important, grave et lourd de conséquences peut-il ainsi devenir un jour si dérisoire ? Et comment savoir dans notre vie d'aujourd'hui ce qui demain nous semblera sans importance, insignifiant, et peut-être même digne d'être oublié ? Il essaie de se souvenir des rares fois où ils ont couché ensemble, mais là encore, le brouillard se dissipe péniblement : il revoit les endroits, les occasions, la période, mais il serait incapable de raconter en détail comment les choses se sont passées. Ce constat le désole ; avec le temps, la beauté s'évanouit. Elle est l'immatérialité même.

Il essaie alors de se souvenir de toutes les fois où il a couché avec d'autres femmes, et il est obligé d'admettre qu'il ne se souvient plus de rien – ou presque. Quelques images immobiles. Aucune sensation véritable. Rien qui ne se retienne vraiment. Même avec Pauline, de combien de nuits se rappelle-t-il *précisément* ? Avec l'empressement d'un homme qui soudain se découvre pauvre, il fait un dernier inventaire de ses souvenirs. Il ne revoit que quelques nuits. Il les compte et les recompte. Est-ce tout ? Il a soudain l'impression de n'avoir plus aucune mémoire érotique. À cette pensée, son cœur se serre. Est-ce pour ça que son père, à soixante-cinq ans, abandonne tout ce qu'il a construit pour une jeune femme ?

14

S'il ne se souvient pas précisément de toutes les fois où ils ont couché ensemble, Nicolas garde un souvenir toujours précis des longs moments où il regarde Pauline dormir. Il se couche souvent plus tard qu'elle, mais ne s'endort jamais sans la contempler un long moment. Quand elle dort, Pauline devient ce paysage immobile qui le fascine. Hier encore, à la clinique, il la regardait se reposer, à côté du landau dans lequel le bébé dormait, lui aussi, et il s'était dit que ça devait un peu ressembler à ça, son bonheur : une femme et un bébé endormis.

Selon Simone de Beauvoir, l'homme ressentirait un soulagement, en regardant la femme dormir, qui tiendrait à la certitude que, pendant le temps du sommeil au moins, elle n'appartiendrait à personne d'autre. Le sommeil de la femme, ce serait en réalité celui de l'homme. Mais Nicolas n'est pas jaloux. Pour lui, la jalousie est une pathologie qui n'a rien à voir avec l'amour. Il sait que Pauline est fondamentalement sentimentale : elle l'aime d'une façon entière et exclusive, et il n'a pas peur de la perdre. Quand elle lui raconte comment son patron essaie de la séduire, il l'écoute avec amusement. Jamais il ne lui viendrait à l'idée de lui reprocher de plaire aux autres hommes.

En revanche, Pauline, elle, n'aime pas voir Nicolas dormir. Surtout après avoir fait l'amour. Soudain, ce corps n'existe plus *pour elle*, mais *en soi*. À quoi rêve-t-il ? Elle décèle mille possibilités de trahison. Depuis que le bébé est à la maison, elle supporte encore moins de le voir dormir : elle a le sentiment d'un abandon. Et pourquoi ne se lève-t-il jamais ? Dans un premier temps, il était logique que ce soit elle : après tout, Nicolas ne pouvait pas l'allaiter. Mais maintenant que le bébé est sevré ? Comment se fait-il qu'il ne lui vienne même pas à l'esprit qu'il pourrait être celui qui se lève ?

Au lieu de ça, il dort profondément.

Quand certains de leurs amis leur demandent comment se passent les premiers mois, elle ne supporte pas de l'entendre répondre : « Ce n'est pas de tout repos, mais ça va... » De quel droit, alors que c'est elle qui manque cruellement de sommeil, dit-il que c'est fatigant ?

Mais voilà qu'il se lève très tôt maintenant. Il a accepté de travailler avec une équipe de décorateurs pour faire les repérages d'un film ; il doit se lever à six heures du matin et ne revient que le soir. Elle est tellement fatiguée qu'elle ne l'entend même pas claquer la porte derrière lui. Quand le bébé se met à pleurer, elle ouvre les yeux, et il n'est plus là. Elle en conçoit un désarroi encore plus grand.

Où est-il ?

Elle l'imagine vivre. Elle le voit sourire. Et elle lui en veut terriblement.

15

Ce soir-là, alors que sa journée touche à sa fin, il accepte la proposition de Damien, le chef décorateur, de boire un dernier verre dans un bar, près des Champs-Élysées. Il lui raconte sa première mésaventure de jeune père. « Quand ta fille naît, tu sais, la sage-femme te donne un papier officiel que tu dois ensuite présenter à la mairie pour déclarer la naissance... Sur le moment, j'étais tellement ému que je n'ai pas fait attention à l'endroit où j'ai posé ce papier. Normalement, tu as trois jours pour faire la déclaration. Les deux premiers jours, il y avait tellement de choses à faire que je ne m'en suis pas trop préoccupé. Mais le troisième, il a bien fallu que je me demande où je l'avais mis... Il était introuvable, et je n'osais pas dire à Pauline que je l'avais perdu. Je ne voulais pas qu'elle interprète ça comme un acte manqué... Alors j'ai refait mentalement toute ma première journée pour essayer d'imaginer à quel endroit j'avais pu le mettre... Et tu sais où je l'ai retrouvé ?

— Non.

— Dans la poubelle de ma cuisine... »

Damien rigole, mais le regarde bizarrement, comme si cette anecdote révélait chez Nicolas quelque chose de monstrueux.

« Et comment elle s'appelle ?

— Louise...

— On dirait que tu n'as pas envie de rentrer chez toi », lui dit Damien au moment où il commande un autre verre.

Cette réflexion le fait sourire.

« Pourquoi tu dis ça ? »

Il est sincèrement heureux d'avoir une petite fille, et son cœur bat dès qu'il la voit. Il reste parfois de longs moments au-dessus du berceau, et il répète tout doucement : « Louise, Louise, Louise… » Seulement, il a hâte qu'elle soit un peu plus grande, et que Pauline reprenne son travail. « Elle est de mauvaise humeur en ce moment. Elle tourne en rond toute la journée. Elle est fatiguée. Et ce n'est pas très facile… Mais ça ira bientôt mieux… »

Damien le coupe dans son explication : il vient de recevoir un texto. « Ça ne te dérange pas si une amie nous rejoint ? » Nicolas lui dit que non. « C'est une fille incroyable, tu vas voir. Elle me rend dingue en ce moment. »

« L'autre jour, reprend Nicolas, j'ai réalisé un truc étrange. Je ne sais pas si ça t'est déjà arrivé…

— Quoi ? »

Nicolas hésite un instant ; il est surpris de parler de choses aussi intimes avec quelqu'un qu'il ne connaît finalement pas très bien.

« J'ai essayé de me souvenir de toutes les fois où je me suis retrouvé dans un lit avec une femme. Et j'ai réalisé que je ne me souvenais de presque rien…

— Comment ça ?

— Je veux dire... Des détails. Des sensations. C'était comme si je regardais un film qui ne me concernait pas... Tu vois ce que je veux dire ?

— Tout le monde connaît ça, non ? C'est pour ça que les gens qui me disent qu'ils veulent se ranger au prétexte qu'ils en ont déjà beaucoup profité me font rire. Dans ce domaine, on ne peut rien stocker. C'en est même désespérant. Il n'y a pas d'assouvissement possible. Les hommes continueront toute leur vie d'être obsédés par les femmes. »

Damien est marié depuis plus de dix ans, mais il a toujours vu d'autres filles. Dans un premier temps, il se sentait coupable. Puis il a réalisé que c'était précisément parce qu'il couchait avec ces filles qu'il s'entendait si bien avec sa femme – y compris au lit. « C'est-à-dire... », lui demande Nicolas qui ne voit pas bien de quoi il parle. « C'est difficile à expliquer. Tu vois, je suis comme aimanté par la beauté des femmes. Mais cette beauté est inséparable d'une certaine laideur, une laideur qui me confirme l'amour que j'ai pour elle. Tu comprends ?

— Pas bien, non.

— Comment dire ? Chaque fois que je me retrouve dans un lit avec une fille, l'excitation tourne au dégoût, et j'ai parfois l'impression que c'est ce dégoût que je viens chercher. Parce qu'alors, je ne pense plus qu'à une seule chose : rejoindre ma femme.

— Et elle, elle ne dit rien ?

— Ce que je viens de te dire, elle ne peut évidemment pas le comprendre...

— Donc tu lui mens ?

— Évidemment », répond Damien en riant, et au même moment il lui fait un signe discret pour désigner la jeune femme qui vient d'entrer dans le bar.

16

Le congé maternité de Pauline a pris fin, et elle se prépare ce matin-là pour aller travailler. Nicolas la regarde se maquiller. « C'est pour ton patron que tu te fais aussi belle ? lui demande-t-il d'un faux air sérieux.

— Arrête... »

Elle embrasse Louise et réexplique pour la centième fois à Nicolas tout ce qu'il est censé faire dans la matinée.

Il doit :

– déposer Louise à la crèche à neuf heures ;

– ne pas oublier son doudou ;

– prendre son chéquier pour éventuellement payer le premier mois ;

– racheter des couches et des lingettes ;

– descendre les poubelles ;

– prendre...

« Oui, oui, je sais ! Je sais, Pauline... Tu me l'as déjà dit des milliers de fois ! Inutile de me le répéter. J'ai tout dans ma tête.

— C'est justement ce qui m'inquiète...

— Allez, vas-y. Passe une bonne journée.

— Merci.

— Et embrasse ton patron pour moi. »

Elle sort de l'appartement avec un sourire teinté d'inquiétude : c'est la première fois qu'elle laisse Louise une journée entière.

Au bureau, l'accueil de son patron est anormalement froid. Il lui demande à peine comment va sa fille ; il préfère lui présenter Aurore, la jeune femme qui l'a remplacée pendant son congé. C'est une fille très compétente, précise-t-il avec complaisance. Elle s'est occupée du lancement du produit Xbon, sur lequel Pauline travaillait avant son absence. Les choses se sont tellement bien passées qu'il a décidé de garder Aurore sur ce produit : elle le suivra jusqu'à sa commercialisation.

« Mais pourquoi ?

— Je vous l'ai dit. Ça me semble plus rationnel. Et comme ça, vous pourrez vous consacrer à ce dossier... »

Il lui tend un document qu'elle lit un peu plus tard dans son bureau ; elle se sent humiliée : il s'agit d'un produit sans intérêt qui n'a aucune chance de voir le jour. Pourquoi se comporte-t-il ainsi avec elle ? De quoi veut-il se venger ?

« Elle est comment, cette fille ? lui demande Nicolas dans la soirée.

— À ton avis ? Elle est très jolie, et elle sourit tout le temps... Tu veux que je te dise ? Les hommes me dégoûtent. »

17

La sonnerie retentit dans l'appartement, et Pauline sort de la salle de bains à toute allure.

« Putain ! Je viens de coucher Louise ! »

Nicolas est déjà à l'interphone. Il dit : « Tu montes une minute ? OK. À tout de suite. C'est au quatrième.

— C'est qui ?

— Pierre. Il vient me chercher.

— Comment ça ? Pourquoi il vient te chercher ?

— Je t'ai dit qu'on allait dîner ensemble.

— Tu rigoles ?

— Quoi ?

— Mais je sors ce soir !

— Toi ?

— Oui, *moi*. C'est prévu depuis dix jours. Je t'ai dit que j'allais voir Mathilde !

— Tu ne me l'as jamais dit.

— Évidemment que je te l'ai dit. Seulement tu ne m'écoutes pas.

— Si tu me l'avais dit, je n'aurais pas prévu de dîner avec Pierre. Réfléchis. Tu ne peux pas annuler ?

— Pourquoi j'annulerais ? Pourquoi ce ne serait pas *toi* qui annulerais ?

— Parce que Pierre est dans l'ascenseur. »

Quelqu'un sonne justement à la porte.

« Pourquoi il sonne, cet abruti ?

— Arrête, Pauline ! Qu'est-ce qui t'arrive ?

— Ce qui m'arrive ? »

On entend les pleurs du bébé.

« Voilà ce qui m'arrive, reprend-elle... T'es chiant à la fin ! »

« Bonjour », dit Pierre en poussant la porte, avec un grand sourire qui se fige immédiatement. Pauline retourne, furieuse, dans la chambre de Louise.

« J'ai réveillé le bébé, c'est ça ?

— Non, non. Ne t'inquiète pas. Dis-moi... Ça t'embête si on dîne ici ?

— Chez toi ?

— Oui, comme ça Pauline pourra sortir...

— Bon. OK. J'avais réservé au...

— Oui, je sais. Je suis désolé. Mais Pauline vient de me faire une crise... Ça ne t'embête pas ? J'ai des pâtes !

— Super. »

Un peu plus tard dans la soirée, Pierre revient sur le sujet.

« Ça se passe bien entre vous ?

— Pourquoi ?

— Non, je te pose la question.

— Ça va.

— Parce que j'ai remarqué que la plupart des gens qui font un enfant se séparent dans l'année qui suit...

— Tu dis ça pour me remonter le moral ?

— Non, non, je te dis ça sérieusement. Tu n'as pas remarqué ? Moi, en tout cas, autour de moi, c'est flagrant. Je ne sais pas à quoi c'est dû, mais j'ai, allez, au moins trois amis qui sont dans cette situation...

— Qui se sont séparés après avoir fait un enfant, tu veux dire ?

— Oui. C'est quelque chose qui me frappe. Pas toi ? Il me semble qu'*avant*, le fait d'avoir un enfant avait plutôt tendance à consolider les liens entre les parents... Non ?

— Je ne sais pas. Moi, mes parents se sont séparés quand j'avais quinze ans. Les tiens aussi...

— C'est vrai. Mais je veux dire, malgré les difficultés sentimentales, qui apparaissent inévitablement au fur et à mesure d'une vie, j'ai l'impression que le fait d'avoir un enfant était comme un ciment puissant entre deux personnes. Alors qu'aujourd'hui, je me demande si ce n'est pas l'inverse qui se passe...

— C'est-à-dire...

— Je me demande si le fait d'avoir un enfant n'implique pas la destruction immédiate du couple...

— On s'est juste disputés, Pierre. On ne s'est pas encore séparés...

— Je ne dis pas ça pour vous. Je te dis simplement que... Enfin, je me demande si ce n'est pas un fait sociologique majeur. Comme si, pour la première fois dans l'histoire de l'humanité, nous avions en quelque sorte désappris à faire des enfants... »

Le soir, Nicolas repense à ce que Pierre lui a dit. S'il regarde autour de lui, il peut également compter plusieurs personnes, parmi ses amis, qui se sont séparées juste après avoir fait un enfant. Que faut-il en déduire ?

Sommes-nous devenus trop égoïstes pour supporter tout ce que cela implique ?

Avons-nous complètement perdu le sens du sacrifice ?

Sommes-nous désormais écrasés par *la tyrannie de la jouissance* ?

Ces questions tournent dans sa tête, alors qu'il attend le retour de Pauline dans le salon. Il regarde l'heure. D'ailleurs, où est-elle ? Et pourquoi rentre-t-elle si tard ?

18

Son nouveau travail consiste à repérer d'éventuels lieux de tournage ; ce jour-là, il part au Havre, parce qu'il a trouvé une cafétéria qui ressemble à ce que le réalisateur cherche et il voudrait, avant de lui soumettre son choix, la montrer au décorateur du film et à son équipe. S'il a pensé dans un premier temps qu'il y avait quelque chose d'humiliant dans le fait de chercher des décors pour un autre film que le sien, il s'est peu à peu habitué à cette tâche qui lui prend beaucoup de temps, mais qui lui donne le sentiment d'être un « jeune père de famille responsable ». Il se lève tôt le matin, ne compte pas ses efforts et rentre épuisé en fin de journée : n'est-ce pas à peu près ce qu'on attend de lui ?

Quand il arrive dans sa chambre d'hôtel, ce soir-là, son premier réflexe est d'ouvrir la fenêtre pour contempler la vue du port. Il repense à Michel Leiris, mais ce n'est pas le même spectacle qui s'offre à lui. Aucun signe d'une quelconque catastrophe. Le port du Havre est magnifique ; tout à l'heure, il ira se promener sur les docks. Louise doit déjà dormir. Et Pauline, que fait-elle ? Malgré la légère culpabilité qui lui vient avec cette pensée, il se dit qu'il est heureux de ne pas être à Paris. Pour la première fois depuis longtemps, il peut respirer. Soudain le téléphone de sa chambre sonne ; il entend la voix de Damien qui lui dit que tout le monde l'attend pour aller dîner.

Ils vont dans un restaurant du centre, et Nicolas se retrouve assis à côté d'Ana, l'assistante de Damien, qui lui raconte qu'elle vient de Belgrade. Le nom de cette ville résonne dans son oreille comme une promesse confuse... Il passe le dîner à lui poser des questions sur sa vie. Pourquoi est-elle venue en France ? Où a-t-elle appris à parler si bien français ? Et comment a-t-elle fini dans le cinéma ? Ana semble troublée par cette attention, et c'est côte à côte qu'ils marchent vers un bar qu'un ami de Damien leur a recommandé. Il se met alors à pleuvoir, et les voilà maintenant qui courent pour chercher un abri. Ana glisse sur le trottoir et se retrouve par terre dans un éclat de rire. Nicolas lui tend la main pour l'aider à se relever. Sa peau est douce.

19

À sa sortie en 1971, *Orange mécanique* (Angleterre) a fait un véritable scandale. On reprochait à ce film sa violence extrême. Mais ce qui a surtout choqué, c'est la façon dont le réalisateur, Stanley Kubrick, par un souci esthétique pur, a rendu ces scènes belles. Dans mon souvenir, elles sont tournées en accéléré et, sur une version électronique de la *Neuvième Symphonie* de Beethoven, de jeunes gens commettent avec grâce des crimes terribles. Cette idée musicale n'est pas à proprement parler celle de Kubrick, mais de l'auteur du roman dont le film est une adaptation : Anthony Burgess.

Les films de Kubrick ont pratiquement toujours été des adaptations – la plupart du temps très proches de l'œuvre originale. Par exemple, *Eyes Wide Shut* est d'une fidélité absolue à *La Nouvelle rêvée*, d'Arthur Schnitzler.

À Vienne, durant le carnaval, Fridolin, qui est médecin, est appelé au milieu de la nuit. Il laisse sa femme endormie, et se rend au chevet d'un mourant. C'est alors qu'il se trouve entraîné dans une soirée masquée, mystérieuse et décadente, où les femmes sont nues. Quand il rentre au petit matin, plein de culpabilité, Albertine se réveille et lui raconte un rêve érotique qui fait écho aux aventures sensuelles qu'il vient de vivre.

Je disais que Kubrick était *fidèle* à Schnitzler : en réalité, il l'est dans les moindres détails, sauf en ce qui concerne la fin. Dans sa version, la femme a retrouvé le masque du carnaval et l'a placé sur l'oreiller de son mari ; celui-ci, qui porte en secret sa dualité et le poids de tous ses mensonges, craque devant elle et se met à pleurer. Suit une explication entre les deux époux : la vérité jaillit, et la femme pleure à son tour. Elle découvre que son mari possède une part d'ombre qu'elle ne soupçonnait même pas.

Puis, une fois l'orage passé, il lui dit : « Comment tu vois les choses entre nous maintenant ?

— Je crois qu'il faut être reconnaissants... Parce que nous sommes arrivés à survivre à toutes nos aventures, qu'elles aient été réelles ou imaginaires... L'important, c'est que nous soyons réveillés et, espérons-le, pour un très long moment...

— Pour toujours.

— Non. N'utilise pas ce mot. Il me fait peur. Mais ce qui est sûr, c'est que je t'aime. Et je vais te dire, il y a une autre chose très importante, et ça, il faut le faire le plus vite possible...

— Quoi ? »

Elle le regarde avec intensité.

« *Baiser*. »

20

Le lendemain, quand Nicolas rentre à la maison, Pauline est en train de faire manger Louise. Tout de suite, il détecte son humeur sombre et, sans doute parce qu'il se sent coupable, redoute le tour que pourrait prendre toute discussion. C'est pourquoi il va directement dans la salle de bains prendre une douche. Il voudrait se défaire de sa nuit. Il a encore mal à la tête. Le champagne qu'ils ont bu n'était pas de bonne qualité. À moins que sa nausée ne soit plus générale. Il n'a pas assez dormi. Il revient alors dans le salon, embrasse sa fille et prend une aspirine.

« J'ai pris ma journée, lui dit Pauline. Louise était malade. Je ne voulais pas la laisser à la crèche…

— Qu'est-ce qu'elle a ?

— Elle a eu de la fièvre cette nuit. Mais maintenant ça va mieux…

— Tu as eu de la fièvre, mon amour ?

— Je peux te la laisser une minute ? Je dois me préparer.

— Tu sors ?

— Tu ne travailles pas cet après-midi ?

— Hein ? Non.

— Tu vas pouvoir la garder alors… Je dois repasser au bureau. »

Nicolas ne dit rien. Pourquoi repasser à son bureau si elle a pris sa journée ? Il a l'impression qu'elle n'a d'autre intention que de le punir. Mais de quoi ? D'être parti deux jours ?

Il s'agit de son travail ! Il ne choisit pas les jours où il est absent ; et si le réalisateur a décidé de tourner au Havre, il n'y peut rien ! Alors pourquoi le regarde-t-elle comme s'il était coupable ?

« Quelque chose ne va pas ? lui demande-t-il d'un air innocent.

— Tout va très bien. »

Son sourire est grinçant, et l'espace d'un instant Nicolas a l'impression d'être démasqué. « Elle sait », se dit-il. Et un frisson d'effroi le traverse. Si elle sait, elle ne lui pardonnera jamais : elle est trop entière, et sa vision de l'amour ne tolérera plus aucun manquement. Il se voit déjà séparé de sa fille, et cette vision le terrifie. Mais comment pourrait-elle savoir ? Il essaie de se raisonner. Elle ne peut pas savoir ; il doit veiller à ne pas faussement entrevoir dans chaque silence, dans chaque sourire, une pièce à conviction qui le condamnerait. Elle ne sait rien : elle est seulement de mauvaise humeur parce qu'elle est fatiguée.

Il sort Louise de sa chaise haute et l'installe dans son parc. Il entend la porte claquer ; il se retourne ; Pauline est sortie.

Elle remonte la rue Victor-Hugo jusqu'à l'arrêt de bus. L'air frais lui fait du bien. Elle voudrait partir loin.

Un peu plus tard, à travers la vitre du bus, elle peut voir défiler les voitures, les piétons, les façades des immeubles dans un ballet de lumières animées ; il y a des teintes grises, des éclats de jaune et de vert, et une percée de rose dans le ciel – ce n'est pourtant pas la fin de journée, mais la fin de quelque chose d'autre, se dit-elle, quelque chose qu'elle ne saurait définir, mais qui s'en va, qui s'en va et ne reviendra pas.

21

La veille, elle l'a appelé ; Louise avait de la fièvre, et elle était inquiète : que devait-elle faire ? Nicolas a décroché sans s'en rendre compte. Elle pouvait entendre l'atmosphère d'un bar ; des éclats de voix ; plusieurs personnes parlaient ; des femmes ; elle a reconnu la voix de Nicolas qui disait : « Il n'y a pas de doute possible ! » De quoi parlait-il ? Elle est restée un instant à écouter, sans parvenir à comprendre la discussion. Puis elle a raccroché. De toute façon, que pouvait-elle attendre de lui ?

Elle est restée un long moment auprès de Louise. Pourquoi n'était-elle pas, elle aussi, dans un bar en train de parler et de rire avec des amis ? Au fond, elle avait imaginé les choses de façon différente. Elle pensait que tout aurait été plus facile, plus doux, plus heureux. Et, dans son esprit, si elle était aussi triste, si elle se sentait abandonnée, c'était de la faute de Nicolas.

L'autre jour, alors qu'elle se promenait avec sa fille dans le petit parc derrière la mairie, elle a observé un homme qui jouait avec son fils. Il était grand, bien habillé et souriant – une assurance particulière se dégageait de lui – et elle l'a trouvé beau. Il s'était assis sur le banc d'en face et leurs regards se sont croisés plusieurs fois. Son téléphone a sonné, et il a répondu : sa voix était grave, calme et rassurante. Il disait : « Il n'y a pas de problème. Ne t'en fais pas, je m'en occupe… » On avait le sentiment qu'il pouvait en effet s'occuper de tout, et Pauline s'est alors dit que la femme qui vivait avec lui devait être heureuse.

Toute la nuit, elle avait imaginé Nicolas dans son hôtel au Havre. Sans bien savoir pourquoi, elle était persuadée qu'il avait passé la nuit avec une autre fille. Elle n'avait aucune raison objective de le croire – mais la chose lui était apparue évidente en entendant des éclats de voix, à l'autre bout du fil. Son visage défait, à son retour, n'avait fait que confirmer cette intuition. Mais ce qui l'avait troublée, ce n'était pas tellement de l'imaginer dans les bras d'une autre femme – elle avait déjà beaucoup souffert en le faisant des mois auparavant –, c'était de découvrir que cette idée ne la faisait plus souffrir, qu'elle y était, d'une certaine façon, complètement indifférente.

Comment est-ce possible ? se demandait-elle.

Quand l'homme du banc d'en face a raccroché, il a fait un sourire appuyé à Pauline – comme s'il pouvait lire dans ses pensées. Elle a alors retenu sa respiration. À cet instant, s'il lui avait demandé de tout quitter pour venir avec lui, en dépit de l'irrationalité pure de cette proposition, elle aurait dit *oui*. Elle aurait déposé Louise à Nicolas en lui disant : « Maintenant c'est ton tour, tu t'en occupes, moi j'ai besoin de vivre », et elle serait partie avec cet homme.

Il s'est alors levé du banc, et elle a cru, l'espace d'un instant, qu'il allait s'avancer vers elle et lui dire : « Venez avec moi. » Mais c'est vers le toboggan qu'il est allé ; il a dit quelque chose à l'oreille de son fils ; puis ils se sont dirigés vers la sortie du parc et ont disparu à l'angle de la rue.

22

Le téléphone sonne de bonne heure, et Pauline a tout de suite un mauvais pressentiment. Elle décroche et reconnaît la voix de sa mère. Elle lui apprend que Platon est mort.

« Quoi ?

— Il est mort.

— Mais comment ?

— Je ne sais pas. Je l'ai retrouvé ce matin dans le salon. Il ne bougeait plus.

— Mais ce n'est pas possible, il était si jeune...

— Je sais... »

Quand elle raccroche, elle ne ressent d'abord rien de particulier. Elle va dans la cuisine et prépare un biberon. Mais une fois dans la chambre de Louise, alors qu'elle la sort de son petit lit, le biberon lui échappe des mains ; elle l'avait sans doute mal vissé, car il s'ouvre et le lait se répand sur la moquette. Elle s'assoit alors par terre et se met à pleurer. Elle est elle-même surprise par la violence de ses sanglots : quelque chose craque en dedans d'elle-même. Soudain, elle lève les yeux et constate que Louise la regarde sans comprendre. Elle ravale son chagrin et lui dit : « Pardon, ma chérie. Maman est triste, parce que son petit chat est mort. C'est tout. Mais ce n'est pas très grave. »

Dans la matinée, elle laisse un message sur le répondeur de Nicolas pour lui dire qu'elle part deux jours à Chartres. Elle appelle aussi son chef. Elle évoque des « raisons familiales », et cela la fait sourire intérieurement : il aura probablement des doutes sur la véracité de cette excuse. Et après ? Depuis son retour, il joue les indifférents avec elle. Est-ce qu'il lui en veut d'avoir eu un enfant ? Alors qu'elle avait de l'admiration pour lui, elle éprouve maintenant un mépris qu'elle ne parvient même plus à dissimuler. Elle a l'impression de s'être fait avoir sur toute la ligne.

Elle prépare ensuite ses valises et commande un taxi qui l'emmène à la gare Montparnasse. Sur le chemin, elle passe devant leur ancien appartement. Elle le montre à Louise à travers la vitre du taxi. C'est l'endroit où papa et maman vivaient avant que tu naisses… Au même moment, son téléphone se met à sonner ; le nom de Nicolas s'affiche. Mais elle ne décroche pas.

Une fois à Chartres, la mère de Pauline lui dit qu'elle a déposé Platon chez le vétérinaire. Selon lui, il avait un souffle au cœur. Tout simplement.

« Je ne savais même pas qu'un chat pouvait avoir un souffle au cœur...

— Moi non plus. Il l'avait depuis sa naissance, en fait. »

Elle revoit le petit Roumain qui lui a vendu Platon. Dans son souvenir, ils étaient quatre chatons. Pourquoi avait-elle choisi Platon ? Parce qu'il était noir, sans aucune tache, et qu'elle l'avait trouvé beau. Est-ce que ses frères avaient, eux aussi, cette malformation ? Quoi qu'il en soit, ils seraient tous morts un jour ou l'autre. Elle repense à son premier voyage en Roumanie : le vent de l'aventure soufflait partout autour d'elle. Un jour, elle emmènera Louise. Elle lui montrera toutes les ruelles de Bucarest, et elles seront heureuses.

23

Elle se souvient qu'un soir à Bucarest, un ami l'avait emmenée voir une pièce de Ionesco. Elle n'avait rien compris, ne parlant pas la langue, mais elle avait été étonnée de constater que la salle ne riait pas du tout. Était-ce une mauvaise représentation ? Elle avait toujours cru que Ionesco était un auteur comique : c'était en tout cas ce qu'on lui avait enseigné à l'école. Son ami l'avait démentie : « Pas du tout ! C'est un auteur tragique ! Seulement, les Français ne le comprennent pas... Ils inversent tout et le jouent toujours comme si ses personnages étaient des clowns ! »

Il lui avait alors raconté une histoire étonnante. Quelques mois avant sa mort, Ionesco avait adressé une lettre au pape pour lui faire part de sa grande incertitude. Avec une naïveté bouleversante, il écrivait : « Votre Sainteté, pourquoi le vieillissement ? Est-ce la volonté de Dieu ? Pourquoi les guerres si sanglantes ? Pourquoi aussi les catastrophes naturelles (eaux, feux) ? Je n'ai jamais résolu ces problèmes... »

Ce questionnement enfantin a quelque chose d'étonnant sous la plume de l'homme qui inventa le théâtre de l'absurde. Quel est le sens de tout ça ? demande celui qui s'est appliqué toute sa vie à démontrer qu'il n'y en a aucun. Le 13 janvier 1994, il reçoit une réponse du substitut du secrétaire d'État qui lui conseille froidement de lire la Bible ; puis le 3 mars 1994, quelques jours avant de mourir, une autre lettre du cardinal Lustiger qui l'invite, de façon purement administrative, à prendre contact avec son secrétariat...

Ionesco est mort sans réponse, parce qu'il se posait justement des questions auxquelles personne ne peut apporter de réponse : n'est-ce pas le propre des auteurs tragiques ?

Le soir, parce qu'elle n'arrive pas à dormir, Pauline se relève et descend dans la cuisine.

Sur le côté, le panier en osier de Platon est vide. Comme sa vie. Sa mère la rejoint un peu plus tard et la trouve en train de pleurer.

« Qu'est-ce que tu as, ma chérie ? »

Elle se précipite dans ses bras.

« Qu'est-ce qui t'arrive, ma toute petite ? C'est à cause de Platon ? »

Pauline ne répond pas, mais se laisse consoler par les bras de sa mère. Si nous pouvions à cet instant nous faufiler sous ses paupières, nous entendrions sûrement, formulées avec la naïveté bouleversante de Ionesco, l'écho des mêmes questions : « Pourquoi les chats ont-ils des souffles au cœur ? Et pourquoi les êtres ne savent-ils pas s'aimer ? Pourquoi la souffrance ? Et cette impression de gâchis qui salit nos vies ? »

24

Nicolas est en train de lire dans le lit.

« Qu'est-ce que c'est ? » lui demande Pauline.

Nicolas lui montre : c'est une biographie de Stanley Kubrick. Elle s'allonge à côté de lui. Nicolas la sent ailleurs. À quoi pense-t-elle ? Il y a un moment d'indécision réciproque. Puis Nicolas pose son livre, s'approche d'elle et l'embrasse.

Elle ferme les yeux.

C'est l'homme du parc qui soudain la serre contre lui. Elle ne bouge pas, se retourne seulement sur le ventre, le visage perdu dans les oreillers – c'est la position qu'elle prend quand elle lui demande un massage. Il se met alors sur elle et devant son immobilité, sentant comme une attente implicite, il vient directement en elle – brûlant toutes les étapes de leurs habitudes. Elle n'écarte pas les jambes et semble ne pas collaborer à ce qui se passe. Il doit forcer le passage pour la trouver ; il entend son souffle rauque dans les oreillers au moment où il la pénètre. Une fois qu'il est bien en elle, il contemple ses petites fesses blanches, il les trouve si petites, si blanches, soumises à sa force, à son mouvement, à ses accélérations. Pauline se débat un peu, mais sa résistance est un soupir ; il y a cet inconnu qui va et vient en elle ; elle est dans une arrière-boutique, dans une cave, sur la banquette arrière d'une voiture ; et il l'emmène là où elle ne veut pas aller.

Elle pousse un cri aigu.

Nicolas se retire doucement, un peu étonné. Elle ne bouge pas.

Elle demeure inerte un long moment.

Quand elle sort la tête des oreillers, elle est presque surprise de voir Nicolas.

Il lui fait un petit sourire ; il n'est pas mécontent de lui. Il passe alors sa main sur son visage sans mesurer la distance qui les sépare.

25

« Tu as vu ce qui s'est passé ? lui demande Pauline le lendemain en rentrant du travail.

— Quoi ? »

Elle allume la télé et cherche une chaîne d'informations permanentes.

« La Bourse a continué de chuter...

— Oui, j'ai entendu... », répond-il en haussant les épaules.

Chaque année, Pauline reçoit en complément de son salaire un stock d'actions de sa société. C'est sa seule épargne, et elle compte dessus pour pouvoir un jour acheter un appartement. Mais si la Bourse n'en finit pas de chuter, que lui restera-t-il ? Nicolas croit que c'est de ça qu'elle parle. En réalité, son cas personnel ne lui est même pas venu à l'esprit. D'après ce qu'elle a entendu dire, la crise est beaucoup plus grave. « Mon chef dit que c'est le début de l'implosion du système occidental...

— Oui, enfin ton patron, il dit n'importe quoi, non ?

— Je ne sais pas. Ça fait des mois qu'il annonce cette crise. Tu sais, il est loin d'être con..., ajoute-t-elle en changeant nerveusement de chaînes.

— Je croyais que tu le méprisais...

— Ça n'a rien à voir. Si tu l'écoutais, ça te ferait froid dans le dos...

— Pourquoi ? Qu'est-ce qu'il dit ? »

Le chef de Pauline, qui se délecte souvent des situations les plus tristes, est certain que les lendemains ne chanteront pas et que la paupérisation de l'Europe entraînera la chute de la démocratie. « Le monde tel que nous le connaissons a des similitudes plus que troublantes avec les années 30, qui accouchèrent du nazisme. » Il imagine les pays du Vieux Continent, un à un, s'en remettre à un pouvoir fort pour tenter de contrecarrer le sentiment d'une déchéance pourtant irrémédiable. « Si une seule banque fait faillite, disait-il le matin même devant plusieurs de ses employés, vous n'imaginez pas les dégâts que cela peut avoir ! Ce sera la panique, puis la révolte. Et comme toujours après la révolte, ce sera la force qui s'imposera... »

À la télévision, Nicolas Sarkozy et Angela Merkel échangeaient une poignée de main solennelle sur le parvis de l'Élysée ; devant les caméras du monde entier, nous découvrions leur visage inquiet. Tous les pays de l'Europe étaient endettés, certains plus que d'autres, et l'union qui les avait jusque-là rendus plus forts face au monde extérieur devenait subitement un fardeau trop lourd. Jacques Delors avait un pronostic encore plus sombre. Lui qui avait été président de la Commission européenne et qu'on appelait volontiers le « père de l'Europe moderne » semblait désespéré. « L'Europe est au bord du gouffre », prévenait-il. Pendant des dizaines d'années, nous avions vécu au-dessus de nos moyens, obnubilés par notre seule jouissance ; nous finissions appauvris, et le sacrifice qui allait nous être demandé promettait d'être sévère. Face à la crise, les commentateurs évoquaient, les uns après les autres, la possible sortie de l'euro de la Grèce et du Portugal. On imaginait déjà revenir au franc. Un monde se fracturait sous nos yeux.

« Je n'arrive pas à y croire... », commentait Pauline avec stupéfaction. Le divorce n'était plus inenvisageable.

26

Dans une certaine mesure, on peut affirmer que les « pères de l'Europe » ne se sont pas trompés. Depuis la création de l'Union européenne, l'Europe n'a connu aucune guerre – sinon celle qui a déchiré la Serbie à partir de 1991. À cette époque, la notion de « guerre » était devenue tellement étrangère au continent qu'il y avait quelque chose d'impensable dans cet affrontement : cela donnait le sentiment d'un feu à l'intérieur de la maison. Il suffisait, pour qu'une impression de consternation inquiète nous gagne, d'imaginer l'Italie, de se rapprocher mentalement de sa côte est, sur les rivages de l'Adriatique, et de se dire : « Voilà, de l'autre côté de cette mer, à quelques kilomètres, il y a la guerre... »

Ana a laissé un message à Nicolas pour lui dire qu'elle serait heureuse de le revoir, mais il ne lui a pas répondu. Il voudrait oublier ces minutes passées auprès d'elle. Pourtant aujourd'hui, alors que Pauline est à Chartres, il compose fébrilement son numéro. Sa voix est enjouée. Elle n'a pas l'air de lui en vouloir et lui propose même de passer chez elle en fin d'après-midi. Elle habite dans un petit appartement, près de Beaubourg, au dernier étage de l'immeuble ; en se penchant un peu par la fenêtre, on peut apercevoir, là-bas, la silhouette cotonneuse du Sacré-Cœur. Nicolas passe sa tête dans le cadre resserré de la fenêtre, et le vent le décoiffe et lui caresse le visage – on aurait presque l'impression d'être au bord de la mer, se dit-il. Quand il se retourne, Ana l'attend sur le canapé-lit.

« Tu sais que j'ai souvent pensé à toi depuis la dernière fois...

— Ah bon ?

— Oui. Et tu sais ce que je me disais ?

— Non.

— Je me disais que j'avais très envie de faire l'amour avec toi.

— Ah oui ?

— Oui. »

Il lui sourit et se rapproche d'elle pour l'embrasser. Il est alors ému par la douceur qu'elle met dans chacun de ses gestes, comme si elle voulait prendre soin de lui et le guérir de ses blessures. Mais quelles blessures ? Elle se colle contre lui et lui murmure à l'oreille un lent gémissement, à peine perceptible ; et, tandis qu'elle lui dit à mi-voix : « J'adore faire ça avec toi... », Nicolas a l'impression qu'elle lui confie un secret qui justifierait presque son existence.

Il est maintenant allongé, et elle lui caresse les cheveux.

« À quoi tu penses ? lui demande-t-elle après un long silence.

— À rien.

— À ta femme ? »

Il se retourne.

« Quoi ?

— Elle sait que tu la trompes ? Je veux dire, que ça t'arrive de la tromper ?

— Pourquoi tu me poses cette question ? lui demande Nicolas en fronçant les sourcils.

— Pour rien. Pour savoir. Parce que ça m'intéresse.

— C'est compliqué...

— J'imagine. Sinon, tu ne serais pas là. »

Elle lui sourit tendrement. Il sent qu'elle ne le juge pas. Où va-t-elle chercher tant de bienveillance ?

« C'est d'autant plus triste, lui répond Nicolas après un petit temps, qu'on s'est vraiment aimés...

— Et qu'est-ce qui s'est passé ?

— Justement, rien. Rien de particulier. Seulement, on en est arrivés à un point où... Enfin, on s'en veut mortellement, l'un et l'autre.

— À ce point-là ?

— Oui.

— Alors pourquoi vous restez ensemble ?

— Je ne sais pas. Enfin si, je sais. On a un enfant. »

Ana marque un temps.

« Ah bon ? Mais il a quel âge ?

— *Elle*. C'est une fille. Elle n'a que sept mois. »

La main d'Ana s'immobilise dans les cheveux de Nicolas. Des pensées contradictoires la traversent. Sept mois ? C'est encore un bébé. Nicolas redoute qu'elle ne change d'humeur et qu'elle ne le jette dehors – ce qu'il mériterait sans doute. Mais sa voix reste calme :

« Et ça ne vous a pas rapprochés ? Je veux dire, le fait d'avoir un enfant...

— Non. Au contraire...

— Pourquoi ?

— C'est difficile à dire. Elle est tellement exigeante, si tu savais... Mais bon, je pense que tu es la dernière personne à qui je devrais dire tout ça...

— Au contraire. Si tu ne peux pas me le dire à moi, à qui pourrais-tu le dire ? »

La main d'Ana se remet à lui caresser les cheveux, doucement, affectueusement, puis elle lui dit :

« C'est une période difficile. Ça s'arrangera forcément.

— Je ne sais pas.

— Mais si, ça s'arrangera. Tu verras. Tout finira par s'arranger. »

27

Et en effet, ce jour-là, Nicolas est convaincu que les choses vont s'arranger. Un producteur l'appelle et lui dit qu'il vient seulement de lire son scénario qui traînait depuis des mois dans son bureau. Il voudrait en parler avec lui. Serait-il libre dans les jours qui viennent ?

À peine a-t-il raccroché qu'il bondit de joie au milieu de la rue. Cela donne (à peu près) : AHHHHHAHAH !

Il avait presque enterré ses espérances, et il se précipite vers la station de métro : il voudrait tout de suite annoncer la nouvelle à Pauline. Il a la conviction qu'une période plus heureuse va pouvoir commencer. Il sera enfin patient, aimant, attentif ; il saura être heureux. Il se souvient de sa première déception, qui avait pris la forme grotesque d'un combat entre des pigeons et des mouettes, et il est tenté de se dire qu'il doit attendre avant de s'exciter – mais il en est incapable, et le voilà maintenant qui court dans la rue, qui court à toute allure, comme si c'était vers lui-même qu'il courait enfin.

Quand il pousse la porte de leur appartement, il sent tout de suite que quelque chose s'est passé : Pauline est assise sur le canapé du salon, droite et solennelle, et elle le dévisage fixement.

« Qu'est-ce qu'il y a ? » lui demande-t-il.

Puis, dans l'espoir de finalement détourner la conversation à venir, il ajoute :

« Où est Louise ?

— Elle est encore à la crèche. Je vais la chercher tout à l'heure...

— Ça va ?

— Non. »

Nicolas est traversé d'un sale frisson ; il a l'impression d'être en face de la situation qu'il redoute depuis toujours. Son cœur se serre, mais il avance vers elle.

« Qu'est-ce qu'il y a ?

— Il faut qu'on parle, Nicolas. »

Sa phrase est fermée, menaçante, et il se dit qu'elle a tout découvert. Elle va lui dire qu'elle sait qu'il voit une autre fille. Une Serbe qui habite près de Beaubourg. Que va-t-il lui répondre ? En une fraction de seconde, il essaie d'évaluer la situation et de choisir une option stratégique, mais il est incapable de prendre une décision, comme si son instinct de survie s'était évaporé, et il se contente, avec une fausse innocence, de lui demander de quoi ils doivent parler.

Pauline s'allume une cigarette.

« Je ne sais pas comment te dire, Nicolas...

— Quoi ? »

Elle lève alors les yeux vers lui.

« J'ai rencontré quelqu'un. »

Nicolas n'a pas bien entendu.

« Pardon ?

— J'ai rencontré quelqu'un.

— Tu veux dire...

— Un homme. »

Un immense soulagement traverse alors son corps : il est innocent... C'est seulement dans un deuxième temps qu'il prend conscience de ce qu'elle vient de lui dire. Quoi ? Il s'assoit à côté d'elle, mais elle détourne le regard.

« Qu'est-ce que tu dis ?

— Tu as parfaitement entendu.

— Mais quand ? »

Ses lèvres tremblent ; cela ne fait que quelques semaines – à peine quelques semaines –, mais elle ne peut plus le garder pour elle. Nicolas n'arrive pas à y croire. Comment a-t-elle pu lui faire ça ? Il essaie de se souvenir de la façon dont il s'est retrouvé, lui aussi, dans les bras d'Ana : après tout, il ne peut pas lui faire de reproches. De quel droit pourrait-il lui en vouloir ? Ce n'est peut-être rien de grave. Il lui prend alors les mains et, sans s'en rendre compte, répète ce qu'Ana lui a dit l'autre jour : « Tout va s'arranger. Tu verras. Tout finira par s'arranger. »

Mais Pauline, qui reste muette, lui dit *non* de la tête, comme si les choses étaient maintenant irrévocables et qu'il n'y avait plus d'issue.

28

Elle a beaucoup réfléchi à la situation ; elle voudrait qu'ils se séparent. Nicolas n'en revient pas. Il est sidéré par la rapidité avec laquelle elle a pris cette décision. Elle énumère devant lui tous les problèmes concrets que cela posera, avec une froideur qui le déstabilise.

Il l'interrompt enfin :

« C'est qui, ce type ?

— Quelle importance ?

— Comment ça, *quelle importance* ?

— C'est un homme qui s'occupera de moi. »

Nicolas a du mal à avaler sa salive. Il commence à prendre la mesure de sa bêtise. Pourquoi ne s'est-il pas davantage occupé d'elle ? Pourquoi a-t-il déserté ainsi leur maison ? Dans la panique, les reproches qu'il se fait à lui-même se multiplient les uns aux autres. Mais au cœur de son désarroi, il ne peut retenir cette autre pensée, qui lui fait dire que ce n'est peut-être pas si mal : depuis le début de leur histoire, finalement, il souffrait de claustrophobie sentimentale. Il savait que viendrait fatalement le jour où il la décevrait. Il avait redouté plus que tout au monde cet instant où elle verrait son vrai visage – sans masque – ce visage qui est plein de doutes, d'inquiétudes et de rêves contradictoires. Et puis finalement, cet instant s'était présenté à lui sous un jour totalement différent : c'était *elle* qui montrait un autre visage, et c'était peut-être, au-delà du chagrin, une occasion inespérée de sortir de cette situation sans se faire la guerre. Il aurait ainsi le bon rôle, avec en prime la liberté.

Le soir, elle lui demande de dormir sur le canapé, et encore une fois il est frappé par sa rigueur. Il se retrouve ainsi en caleçon dans le salon.

Il ne trouve pas le sommeil.

Il a peur.

Il essaie d'imaginer ce qui l'attend. Où va-t-il vivre ? Et cet homme, va-t-il élever sa fille ? Et si jamais c'est un homme merveilleux ? Ne va-t-il pas finir tout seul ? Ne devrait-il pas se relever, frapper à la porte de Pauline et la supplier à genoux de lui donner une autre chance ?

Dans la nuit silencieuse, les phares des voitures défilent sur le plafond du salon, dans un ballet de lumières mystérieux qui lui rappelle son enfance ; il voudrait pleurer ou tout recommencer à zéro.

29

Dans un premier temps, Nicolas n'a pas pris toutes ses affaires : il a le sentiment qu'il finira bien par revenir. Après tout, comment savoir si ce n'est pas seulement une dispute temporaire ? Il s'est donc contenté d'une seule valise. Mais jour après jour, la situation s'envenime, ils se parlent mal, se disent des choses pénibles, des choses difficiles à oublier. Et il commence à concevoir qu'ils ne vont peut-être plus jamais vivre ensemble.

N'y a-t-il pas de réconciliation possible ?

Au téléphone, sa mère lui propose de venir dormir chez elle, mais il n'en a pas le courage. Il passe ainsi les premières nuits chez Pierre, et très vite la tristesse s'atténue : il pense à son rendez-vous avec le producteur, qui a été reculé de dix jours – dix jours qui lui paraissent interminables. « En fait, dit-il un soir à son ami, j'ai l'impression que cette situation, si difficile soit-elle, me convient mieux. Je me sens enfin libre, tu vois. Je respire... »

Un soir, il passe la nuit avec une fille qui s'appelle Charlotte. Elle a de beaux yeux verts, et des cheveux roux.

Un autre soir, alors qu'il vient de coucher avec Ana, elle lui propose de rester dormir et, comme elle voit qu'il hésite, elle précise : « Ne t'inquiète pas. Ça ne t'engage à rien. Tous les deux, on est pareils. Tu n'as rien à craindre. » Il lui sourit et, encore une fois, il est étonné de la façon dont cette femme sait le prendre. On est loin, pense-t-il, de la belle mais épuisante solennité de Pauline.

Au mur, Ana a affiché des photos ; Nicolas les regarde une à une et reconnaît Ana, plus jeune, aux côtés d'une autre fille.

« C'est Natalija, ma petite sœur.

— Elle vit en France ?

— Elle a vécu avec moi à une époque. Mais elle est rentrée à Belgrade. »

Sur ces photos, les visages lui sont tous inconnus ; Nicolas réalise qu'il ne connaît rien de sa vie. Même le mot « Belgrade » le renvoie à un territoire complètement inconnu.

« Ça va te paraître étrange, lui dit-il, mais je n'ai jamais bien compris tout ce qui s'est passé dans ton pays. »

Ana sourit.

« Personne n'a vraiment bien compris. Surtout en France.

— Pourquoi tu dis ça ?

— Tu sais, j'ai entendu tellement de choses horribles sur les Serbes depuis que je suis ici… Mais bon, c'est du passé maintenant. »

Nicolas se souvient des images que l'on voyait à la télévision : les morts civils, les déplacements de population, les villes détruites. Il se souvient aussi de la façon dont Miloševic avait été inculpé devant le Tribunal international de La Haye (Pays-Bas). Et surtout de l'annonce de sa mort. Selon la version officielle, il avait été victime d'un infarctus dans sa cellule, mais l'hypothèse d'un empoisonnement avait souvent été avancée.

« Tu en penses quoi, toi ? »

Elle hausse les épaules.

« Comment savoir ? Mais je penche plutôt pour l'idée de l'empoisonnement…

— Pourquoi ?

— Parce que c'est une loi de la vie. On finit toujours par payer pour ce qu'on a fait. »

Nicolas repense alors à une autre histoire et il hésite à la raconter à Ana : en 1894, Johann Kuehberger se promène le long de la rivière Inn, à Passau (Allemagne). Il aperçoit soudain un enfant de quatre ans en train de se noyer et se jette à l'eau pour le sauver. À une minute près, l'enfant mourait. Tout le monde le félicite dans le petit village pour son courage. Kuehberger y voit un signe de la providence et acquiert la conviction qu'il est fait pour aider son prochain. Il deviendra prêtre quelques années plus tard. Seulement voilà, le jeune enfant qu'il a sauvé des eaux glacées de la rivière Inn s'appelle Adolf Hitler.

Que se serait-il passé si l'enfant avait péri ce jour-là ? L'Europe aurait probablement connu un destin moins tragique. Nicolas se dit que cet acte de miséricorde a été, dans les faits, le plus meurtrier et le plus dévastateur de toute l'histoire de l'humanité. Comment savoir ce qu'il convient de faire si une action bienveillante peut être responsable de tant de douleurs ? Si, avec les meilleures intentions du monde, nous pouvons causer un malheur sans précédent, comment différencier le bien du mal ?

La phrase d'Ana résonne dans sa tête : « On finit toujours par payer pour ce qu'on a fait. » Et lui, de quoi est-il responsable ? Un sentiment de culpabilité extrême l'assaille. Par sa faute, Pauline et Louise ne seront pas heureuses ; à partir de quel moment a-t-il failli ?

« Tu sais ce qui m'affecte le plus dans toute cette histoire, dit-il alors sans transition, c'est d'imaginer que Pauline va peut-être s'installer avec *ce type*…

— Qui ?

— *Ce type*. Je ne supporte pas l'idée qu'il vive un jour avec Louise…

— Il faudra bien t'y faire, non ? »

Ana s'approche de lui et l'embrasse sur la nuque.

Puis elle ajoute : « Lui ou un autre, de toute façon… »

30

Pourquoi lui a-t-elle dit qu'elle avait rencontré quelqu'un ? Ce n'était pas pour se venger, mais elle n'a pas trouvé d'autre moyen pour lui demander de partir. Après avoir enterré Platon dans le jardin de son enfance, elle a réalisé qu'elle n'aimait plus Nicolas. Tous les sentiments qu'elle avait eus pour lui s'étaient comme évaporés. Elle n'avait pas d'explication. C'était comme ça.

Pendant plusieurs jours, elle s'est demandé ce qu'elle allait faire : elle ne pouvait se résoudre à briser le foyer qu'elle avait construit avec lui. Et après tout, peut-être qu'elle allait l'aimer de nouveau ? Puis un matin, sans qu'elle sache bien pourquoi, il lui était apparu de façon claire qu'elle ne l'aimerait plus jamais et qu'il valait mieux se séparer avant que la situation ne devienne invivable.

Ce jour-là, Nicolas passe à Levallois pour voir Louise. Le silence entre eux est terrible. Cela fait maintenant deux semaines qu'ils se sont séparés. Quand elle lui demande où il habite en ce moment, il hésite un instant à lui répondre : « chez une amie... ». Mais Louise les regarde d'un air étonné, et cela le dissuade d'être cruel.

« Elle a fait ses premiers pas ce matin...

— Ah bon ?

— Oui. Elle a fait deux pas... »

Nicolas la félicite et l'embrasse.

« Bravo, mon amour ! Papa est fier de toi ! »

Il la serre contre lui. Pauline se lève déjà. Elle part une heure pour les laisser en tête à tête.

« Tu ne veux pas rester ? C'est peut-être bien pour Louise qu'on soit tous les trois…

— Je ne peux pas. J'ai un rendez-vous. »

Elle met sa veste et quitte l'appartement. Un rendez-vous ? Avec qui ? L'ombre menaçante de l'autre homme revient le hanter, mais il s'efforce de ne pas penser à tout ça devant sa fille. Il se met à quatre pattes et joue avec elle. Il a du mal à avaler sa salive. Bientôt, cet homme viendra chez eux. Pauline lui présentera Louise. Elle deviendra sa belle-fille. Elle l'appellera peut-être « papa ». Il imagine un homme en costume noir, un homme d'affaires, un de ces types qui vous regardent avec arrogance au prétexte qu'ils gagnent beaucoup d'argent. Et si Louise en venait à préférer cet homme et ses costumes ? Pour ne pas souffrir, il chasse ces images et revient vers sa fille.

« Alors mon amour, tu ne veux pas montrer à papa comment tu marches ? »

Il l'aide à se mettre debout ; Louise se tient d'une main sur le rebord de la table basse ; on sent qu'elle voudrait bien y aller, franchir la petite distance qui la sépare du fauteuil, là-bas, mais elle est comme figée.

« Allez, mon amour… Papa te regarde… »

Louise lâche sa main droite et tombe immédiatement par terre. Nicolas sourit et l'embrasse.

« C'est pas grave. Tu me montreras une autre fois. »

Il se dit alors que ce sera toujours ainsi : ne vivant pas tous les jours avec elle, il passera à côté de ces étapes anodines, et il devra se contenter de la regarder grandir de loin. Et tout ça pour quoi ? À cette pensée, un chagrin immense monte en lui jusqu'à devenir insupportable et, alors qu'il secoue bêtement un hochet pour l'amuser, il explose en pleurs. À son tour, quelque chose craque en dedans de lui-même et, ne voulant pas imposer ce triste spectacle à sa fille, il se lève et dit d'une voix qu'il voudrait neutre : « Papa va chercher un verre d'eau dans la cuisine… » Mais à peine a-t-il franchi la porte que les pleurs reviennent comme un torrent inépuisable, et il contracte tous les muscles de son visage et se mord la paume de la main pour contenir tout débordement. La pensée que Louise est seule dans le salon l'aide à se contrôler. Il se mouche et s'essuie le visage. Respire profondément et revient dans le salon en arborant un sourire rassurant. Il se remet à quatre pattes et, tandis que la pluie frappe doucement contre la fenêtre, il continue de jouer avec sa fille, le ventre noué.

31

Cela fait quelques jours que je marche sans m'arrêter dans Paris – l'hiver est définitivement derrière nous –, et j'aperçois un nombre incalculable d'hommes poussant des poussettes ; ils s'appuient sur elles, comme s'il s'agissait de béquilles. Et je me dis : « Tiens, c'est peut-être Nicolas... » Au parc, il y a aussi ces femmes avec de très jeunes enfants. Elles sont assises sur des bancs, pensives et fatiguées. Et je me dis : « Pauline... » Tous ont le visage de leur époque, et ils sont seuls.

Je me souviens alors, une dernière fois, du premier discours de Robert Schuman dans lequel il prononce le mot « réconciliation ». Il y a cette autre option, que l'on appelle : *le pardon*. Et je me demande pourquoi Pauline et Nicolas, dont les crimes sont finalement minuscules, en sont devenus incapables. Sans pardon, la rancune impose son règne de pierres, et ils ne peuvent plus se rejoindre : la légèreté de Nicolas est une trahison pour Pauline, de même que son espérance amoureuse se referme sur lui comme un piège. Elle ne comprend pas sa peur d'être privé du monde, et il n'entend pas sa crainte d'être abandonnée. À aucun moment, ils ne se regardent tels qu'ils sont et ne font un pas l'un vers l'autre. Aucun mot, aucun geste – rien de ce qu'on appelle la sollicitude. C'est ce que l'Histoire nous enseigne, pourtant. Ce tissu de morts, de plaintes et de peine. Je pense à l'Allemagne et à la France, aux années de guerre qui les ont déchirés ; puis vient le moment étonnant, alors que les ruines sont encore fumantes et que le sang n'a pas encore séché, où quelqu'un tend la main. *Celui-là est un héros*. Il y avait un dépassement nécessaire. Une capacité étonnante au pardon. Et cette capacité, soudain, au milieu de ces poussettes et de ces bancs désertés, me semble magnifique.

Mais je ne sais plus très bien ce que je raconte ; des images se succèdent dans ma tête, elles se superposent les unes aux autres et finissent ensemble par composer une petite symphonie bizarre dont je ne maîtrise plus ni le tempo ni le thème final. Ces images, les voici : je vois Robert Schuman en train de prononcer son discours pour la paix, je vois Mitterrand prendre la main de Kohl à Verdun, je vois Ionesco en train de rédiger sa dernière lettre au pape, et Cioran mettre un pied dans un caniveau humide. Je vois André Breton qui sourit à une jeune fille, et Victoria qui se déshabille dans une chambre d'hôtel. Je vois Michel Leiris appliqué à sa table de travail, et Beethoven qui meurt tout seul.

Je vois aussi Nicolas qui se lève du café dans lequel, un instant auparavant, il feuilletait les petites annonces dans l'espoir de trouver un studio avec une chambre d'enfant. Il marche maintenant d'un pas hésitant, comme le soldat d'une guerre dérisoire, et je me demande à quoi il pense. À son rendez-vous avec le producteur ?

Ou bien seulement à Ana, qu'il doit rejoindre tout à l'heure dans sa chambre et avec laquelle il fera l'amour pendant qu'il en est encore temps. Je ne sais pas, et je le regarde s'éloigner, emprunter le boulevard Montparnasse, passer devant la rue de la Grande-Chaumière, la statue de Balzac et la toile rouge de La Rotonde, je le regarde s'éloigner encore, encore un peu, devenir minuscule, puis disparaître au loin, dans la lumière bleutée des cinémas.

10456

Composition
NORD COMPO

Achevé d'imprimer en Espagne
par BLACKPRINT CPI IBERICA
le 8 décembre 2013.

Dépôt légal décembre 2013
EAN 9782290068526
OTP L21EPLN000465N001

ÉDITIONS J'AI LU
87, quai Panhard-et-Levassor, 75013 Paris

Diffusion France et étranger : Flammarion